KB007786

일상이 미니멀

일상이 미니멀

미니멀
너머
미니멀

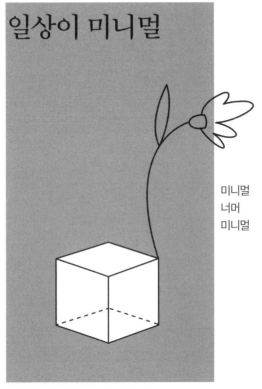

진민영 에세이

책읽는고양이

들어가는 말

내 물건이 말해주는 '나는 어떤 사람'

"어느 집에서건 낡아빠진 소파, 탁자, 두서없이 쌓아올린 책이며 음반, 오래된 유리병, 똑같은 모양의 항아리에 꽂아놓은 꽃과 필기도구, 동전, 담배, 사탕, 클립을 볼 수 있었다. 그들은 대략 비슷한 옷차림이었는데, 남자나 여자 할 것 없이 〈엑스프레스〉에 유행하는 스타일로 입었다."

조르주 페렉의 소설 《사물들》에 나오는 구절이다. 〈엑스프레스〉는 소설 속 주인공과 그 친구들 대부분이 추종하는 삶의 방식과 이념을 표방하는 주간지다. 거기에는 그 시대의 청춘들이 관심 있어 하는 것, 일상 속에서 겪고 느끼는 것, 그리고 그들이 좇는 이상이 표현되어 있다.

짚으로 짠 의자, 뿔 손잡이가 달린 칼, 애지중지하며 재떨이로 쓸 녹청 낀 그릇, 술잔 등 그들이 소유하거나 탐한 물건은 전부 〈엑스프레스〉가 언급했거나 앞으로 언급할 물건의 일부였다.

페렉은 소유가 편의와 생존을 넘어, 이념과 욕망, 이상과 판타지, 열정과 경멸, 자유, 지성, 유머, 젊음이라고 했다. 그 시대의 청춘들은 〈엑스프레스〉의 주장과 지향을 동경하고 지지하기에 그들이 일상적으로 소비하는 생활 속 모든 사물에도 이 같은 가치 판단의 과정이 서려 있다고 했다.

내가 소유한 모든 물건에는 어떻게든 나의 흔적이 조금씩 묻어 있다. 물건은 나를 입고 나는 물건의 도움을 받아 다시 한 번 스스로를 단장한다. 어떤 물건은 더불어 살아가며 사용자의 번영과 성장, 발전과 도약에 뜻을 보태기도 한다.

나의 물건은 사소함의 가치, 불편의 미덕, 중용의 철학을 알려주기도 하고, 자존감, 창작의 동력, 자기 확신, 포용력과 입체적인 안목을 준다. 집착을 경고

하고 결함을 두둔하며, 무한한 응원과 용기를 보내기도 한다. 소비와 소유에 관해 진지하게 고민할수록 그 물건들이 내 삶에 남기는 흔적을 긍정적으로 유도하도록 노력해야겠다는 결심이 선다.

어떤 물건들과 함께 살아가는가? 그리고 소유한 모든 물건은 내게 무엇을 의미하는가? 내가 어떤 사람이고 싶은가에 대한 답이 이 질문에 있을지도 모른다.

차례

03부 늘 돌보는 태도

04부 미니멀 너머의 미니멀

01부

안 되는 걸 되게

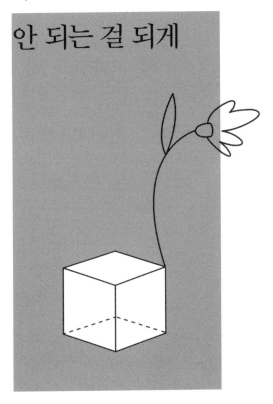

작은 결심을 꾸준히 실천하는 법 _ 자전거

오랫동안 운동하는 습관을 들이고자 무던히도 노력했지만, 번번이 성공하지 못했다. 그러다 방향을 틀어, 무슨 운동을 할지 정하지 않고 뭐가 됐든 좋으니 하루 1시간 운동량만 채우자는 쪽으로 목표치를 낮췄다. 특정 운동을 해야 한다는 제한에서 벗어나자 생활 속에서 운동이 될 만한 활동을 찾는 일은 쉬웠다. 자연 속을 걷거나 자전거를 타고 강변을 달리는 일은 시키지 않아도 평소 즐겨 했던 일이다.

일주일에 한두 번 타던 자전거를 네다섯 번으로 횟수를 늘리고, 한 번에 30분씩 타던 주행 시간을 한

두 시간으로 늘려 일탈로 해오던 일을 운동으로 이름만 바꾸었다. 내 의지력의 총량은 달라지지 않았는데, 좋아하는 자전거를 타는 일은 매일 해도 다음 날이면 또 할 생각에 설렌다. 울며 겨자 먹기로 마지못해 헬스장을 다니며 등록과 해약을 반복했던 지난날이 후회스러웠다.

'하고 싶은 일'의 출처는 나의 내면이다. 누가 시키지 않아도 기꺼이 하고, 하지 말라고 뜯어말려도 어떻게든 하게 된다. 반대로 '해야 하는 일'은 나의 외부에서 기인해, 그 일을 하게 하는 동기 또한 외부에 의지해야 한다. 다시 말해, 하루 이틀만 해도 '내가 무슨 부귀영화를 누리겠다고 이 고생을 하나' 싶은 억울함이 드는 일이다.

좋아하는 책을 읽기 위해 도서관으로 향하는 발걸음은 깃털보다 가벼우면서, 더 가까운 곳에 위치한 헬스장을 가기 위해 내딛는 걸음은 천근만근이었다. 하고 싶은 일과 해야 하는 일의 간극만큼 내 마음의 온도차도 분명했다. 심리학자 김경일은 'like(좋아하는 것)'를 중심으로 삶을 꾸린 시민이 많은 사회가 건강하다고 했다. 사회가 원하는

'want'가 아닌 내가 좋아하는 like를 우선시하는 사회가 더 슬기롭게 공존할 수 있다는 것이다.

풍선을 사달라고 한참을 조르던 아이에게 풍선을 사줬더니 얼마 가지 않아 놓쳐버렸다. 풍선을 갖고 싶다고 떼를 쓸 때에는 아이의 주변에 풍선을 손에 쥔 아이들이 많았다. 아이는 풍선을 원했지만 좋아한 것은 아니었다. 아이의 손에서 허망하게 떠나간 풍선은 공허함을 채우려고 외부에서 찾아 헤매던 많은 그 무엇이었다.

성공한 사람들이 지킨다는 좋은 습관을 하나라도 더 하면 내 삶에 이로울까 싶어 열심히 따라 해보았다. 새벽 5시 기상, 근력 운동, 간헐적 단식과 같은 일이었다. 하지만 무엇 하나 오래 지속하지 못했다. 너무 일찍 일어나다 보니 수면 부족으로 반나절을 넋이 나간 상태로 보냈고, 집중력과 면역력을 높여준다는 간헐적 단식은 건강했던 나의 식사 패턴을 완전히 망쳐놓았다. 헬스장을 다니는 내내 돈 내고 무거운 걸 왜 들어야 하는지 모르겠다며 내 안에서는 불만이 끊이지 않았다.

오랫동안 만족스럽게 입을 수 있는 옷은 남이 입

은 멋진 옷이 아닌, 내게 잘 맞고 어울리는 옷이다. 원하는 목표만 덩그러니 세워놓고 나의 생활과 삶의 방식은 전혀 고려하지 않았으니 과정과 결과 모두 자책과 괴로움뿐이다.

무언가를 이루고자 한다면 원하는 목표가 아닌, 좋아하는 마음부터 찾아 과녁의 중심에 놓아야 한다. 좋아하는 마음으로 과녁을 향해 던지는 화살은 던지는 족족 명중이기 때문이다. 그렇게 긴 시간 10점짜리 다트를 모으면 마지막에 명중시키고 싶은 정확한 목표 지점이 생겨난다. 전보다 더 구체적이고 간절한 'want'를 향해 지금껏 모아온 연습의 힘으로 회심의 일격을 날리기만 하면 된다. 그저 좋아하는 마음에 하기 시작했던 많은 일은 씨앗이 되어 자연스럽게 목표 의식이라는 싹을 틔운다. 그렇게 틔운 싹은 성취라는 꽃으로 만개한다.

좋아서 쓰기 시작한 글이 직업이 되고 하고 싶은 마음에 꾸준히 했던 외국어 공부가 다채로운 제안과 기회로 이어졌던 숱한 나의 지난 성취처럼, 꾸준히 쌓아올린 작은 벽돌은 언제가 되었건 어엿한 모양을 갖춘 성이 된다. 목표를 이루기 위한 최소한의 준비는 좋아하는 마음이며, 좋아하는 이 마음을 존중하는 것이야말로 최상의 비결이다. 성이 될 벽돌을 매일 쌓는 힘은 좋아하는 마음만이 만들어낼 수 있기 때문이다.

'like'의 기반 없이 설정한 'want'는 작은 외풍에 휘청인다. 나와 헬스장과의 관계가 그랬듯 말이다. 반면 like와 함께 만들어낸 want는 흔들리거나 방황하지 않는다. 나와 자전거와의 관계가 그랬듯 말이다. want는 먼저 시작할 수 없고, 홀로 존재할 수도 없다. 수많은 like에 잇따른 결과일 뿐이다. want와 like가 교차하는 지점을 찾아 똑똑하게 목표 설정을 할 수도 있지만, like가 어딘가로 향해 있다면 고민하기보다 이끌리는 대로 몸을 맡겨보는 것도 좋은 전략이다. 후에 이 이끌림이 나를 어떤 새로운 want로 안내할지 모르는 일이다.

'즐겁다', '하고 싶다'와 같은 욕구로 시작했던 자전거는 2년째 말없이 나의 일상 곁에 머물고 있다. 지금도 일주일에 네댓 번은 자전거를 타고 한강 다리 다섯 개 정도는 지나쳐 달린다. 자전거에 올라타기 위해 씨름해야 할 저항감은 어디에도 없다. 오로지 기쁨과 즐거움, 행복과 생기를 느끼고 싶은 욕구가 있을 뿐이다. 그토록 원했던 운동하는 습관은 자전거를 즐기며 탔던 시간 속에 자연스럽게 버무려져 있었다.

이루고 싶은 일과 거리 좁히기가 좀처럼 쉽지 않다면, 좋아하는 마음부터 찾아 이끌려 보는 것도 방법이다. 지금 원하는 바와 온전히 일치하지 않을 수 있으나, 여정의 끝에 다다랐을 때 만나게 된 새로운 want가 전보다 더 매력적일 수도 있다.

내 몸을 배려하고 존중하는 법 1 _ 오븐

스스로를 귀하게 대접할 수 있는 작지만 가장 확실한 방법은 좋은 식재료로 건강한 한 끼 밥상을 차리는 일이다. 건강한 식탁만큼 나에 대한 분명한 배려와 존중은 없다.

내가 먹은 음식은 몸으로 들어가 세포와 조직을 형성하고, 손톱과 머리카락을 자라게 하고, 피부에 혈색을 주며, 체력과 근력의 원천이 된다. 체내의 모든 기관은 내가 먹은 음식물과 상호 작용한다. 따라서 나는 내가 먹은 음식의 총합이다. 무엇을 먹느냐는 어떻게 살아갈 것인가와도 맥을 같이하기에

절대 소홀하거나 어영부영할 수 없다. 내가 먹는 것 하나하나가 몸에 흡수되어 나의 세포와 조직, 뼈와 근육, 혈액과 미생물이 된다고 생각하면, 어떻게든 정성을 다해 이로운 것만 먹기 위해 애쓰게 된다.

식탁에 올리는 음식은 어느 것 하나 세심하게 고려되지 않은 게 없다. 영양 균형을 고려해 밥은 현미를 섞어 짓고, 섬유소와 비타민, 미네랄이 풍부한 녹색 채소와 해조류는 두 종류 이상씩 반찬으로 올린다. 끓는 물에 살짝 데치거나 기름을 조금 둘러 볶으며 가볍게 조리해 영양소 파괴를 최소화하고, 혈관에 쌓이는 동물성 지방 대신 불포화 지방이 들어 있는 견과류, 올리브 오일, 아보카도 등을 넉넉하게 먹는다. 주요 단백질원인 계란, 두부, 생선도 부족하지 않게 식탁에 올리고, 음료로는 비타민 C가 풍부한 감잎차와 항산화 기능이 있는 커피를 마신다. 간식으로는 블루베리나 토마토를 달지 않은 요거트와 섞어 먹는다. 인공 감미료나 과한 양념, 기름을 많이 쓰는 조리법은 피한다.

화려하지는 않지만 몸에 득이 될 것들만 꼼꼼하게 선별해 식탁을 차리고 나면 내가 만든 밥상에 애정이 느껴진다. 나에 대한 관심과 사랑이 충분할 때라야 삶을 돌보고 가꿀 수도 있다. 건강한 식탁은 나 자신이 내게 얼마나 귀한 존재인지 알려준다. 이렇게 잘 차려 먹고 난 뒤 내 마음에는 자존감이 충만하다. 스스로를 아끼고 응원하는 마음이 있다면 자연스레 좋은 것들만 준비해 대접하게 된다.

아침 점심은 빵과 계란, 요거트와 과일, 커피와 견과류 정도로 가볍게 먹지만, 저녁만큼은 편의보다 맛과 영양, 식감을 고려해 조금 수고롭더라도 제대로 요리를 한다. 작은 부엌에 적은 살림이지만, 똑똑한 도구 몇 가지와 창의성만 있으면 웬만한 요리는 전부 해낼 수 있다.

매일 저녁 차려 내는 품목은 조금씩 다르지만, 오븐 요리는 빠뜨리지 않고 한 가지씩 메인으로 올린다. 어떤 날은 생선을 굽고, 또 어떤 날은 알록달록한 야채를 가득 넣어 채소 로스트를 해 먹는다. 야채를 듬뿍 넣어 프랑스식 야채 스튜 라타투이를 만들기도 하고, 시금치를 넣어 이탈리아식 오믈렛 프리타타를 만들기도 한다. 홀 토마토를 바른 토르티야에 올리브, 옥수수, 피망, 감자를 얹어 피자를 굽기도 한다.

종이 포일로 감싼 그릴 플레이트에 다듬어놓은 재료를 올려놓기만 하면 오븐이 설정된 시간 내로 알아서 요리를 해주니 그동안 나는 곁들여 먹을 국이나 스프를 끓이고 밥을 안치고 뒷정리를 하면 시간 배분도 딱 맞다. 따로 그릇에 덜 필요도 없이 오븐에서 꺼낸 팬을 그대로 식탁 위에 놓기만 해도 근사한 한 상이 완성된다. 포크와 나이프를 양손에 들고 적포도주 한 잔을 따라 마시노라면 사치스러운 기분마저 든다. 든든하게 배를 채우고 나면 잠도 더 달다.

요리에 흥미가 없는 편이고 재능 또한 없어서, 사용할 수 있는 식재료도 즐길 수 있는 식단도 폭이 한정적일 것이라 생각했다. 물론 여전히 나의 요리력은 그저 그렇지만, 의외로 매일같이 다채롭고 풍성한 식탁을 즐기고 있다. 재료만 다듬어놓으면 알아서 맛있게 요리를 해주는 오븐 덕에, 영양과 함께 맛과 멋까지 즐기며 미식에 대한 호기심과 재미를 조금씩 키워가는 중이다. 요즘은 도전 정신이 부쩍 늘어, 새우와 오징어, 각종 해물을 이용한 요리와 리소

토나 뇨키 같은 이탈리아식도 하나씩 시도해보고 있다.

그렇게 저녁 한 끼는 하루 중 가장 기다려지는 귀한 시간이 되었다. 귀가 후 저녁을 준비하고 먹는 6시에서 7시 사이 한 시간만큼은 플레이팅 하나 소홀히 하지 않고 분위기를 내기 위해 초까지 밝혀가며, '식' 한 가지에 체력과 열정을 쏟는다. 다 같은 칼로리지만, 무엇을 어떻게 먹느냐에 따라 우리 몸은 완벽히 다른 반응을 보인다. 또 성의껏 들어온 인풋에는 정직하게 양질의 아웃풋으로 보답을 한다. 좋은 재료로 열과 성을 다해 만들어낸 온기 있는 음식은 좋은 자원이 되어 내게 활력과 생기, 의욕을 준다.

내 몸을 배려하고 존중하는 법 2 _ 스툴

우리는 앉아 있을 때 더 편안함을 느낀다고 생각하지만, 안타깝게도 우리 몸은 그렇지 않다. 우리가 앉아 휴식하는 동안에 몸은 일어서서 다시 움직이기만을 기다린다. 앉아 있는 동안 몸은 일시적으로 긴장을 완화하고 스트레스로부터 회복하지만, 장시간 앉아 있을 경우 몸의 곳곳이 고장 나기 시작한다.

우리 몸은 부동의 상태를 유지하기 위해 설계된 하드웨어가 아니다. 반대로, 역동성에 최적화되어 있어 움직임이 있어야만 몸의 전 구조가 정상적으로 기능한다. 수많은 관절과 골격근은 몸을 유연하게 구부리고 움직일 수 있게 한다. 혈액은 움직임이 있어야 순환하고, 신경 세포는 활동성에서 에너지를 얻는다. 탄성 좋은 피부는 활달한 움직임에 최적화된 소재다.

몸의 각 요소가 저마다 몸이 움직이기만을 기다리고 있는데, 몇 시간 동안 정적인 자세만을 유지한다면 어떻게 될까?

먼저 척추에 불균형한 압력이 가해진다. 인대와 관절에 무리가 가 등이 굽으면, 흉강이 수축하고 동시에 폐의 공간이 줄어든다. 폐의 공간이 좁아지면, 폐로 공급되어 혈액으로 여과되는 산소량 또한 감소해 최종적으로 혈류를 방해한다. 동맥과 정맥, 근육과 신경이 장시간 앉음으로써 짓눌려 종아리 주변이 저리고 붓게 된다. 장시간 앉아 있다 보면 하반신에 마비가 오는 이유다. 움직임이 둔화하면 등이 굽고 관절 기능이 약화되고 혈액 순환이 원활하게 이루어지지 않아, 부종이 생기고 근육량이 감소해 건강 전반에 적신호가 켜진다.

이 같은 신체 전반의 정체는 뇌에도 영향을 준

다. 대부분의 사람들은 앉아 있는 동안 뇌를 사용하지만, 아이러니하게도 뇌는 움직임이 있어야 일을 한다. 오래 앉아 있으면 집중력이 둔화되는데, 이는 혈류량과 산소량이 감소해 이 두 가지를 모두 필요로 하는 뇌 활동이 함께 감소했기 때문이다. 산책을 하는 동안 좋은 생각이 화수분처럼 쏟아져 나오는 이유가 설명이 된다.

앉은 자세가 이토록 우리 몸을 해치기 때문에 학교에서는 학생들을 앉아 있기에 불편한 책걸상에 앉게 하는지도 모르겠다. 적당히 불편을 줘 오래 앉지 못하게 하는 불친절한 의자가 안락한 의자보다 뼈, 근육, 조직, 두뇌에는 더 나은 선택일지도 모른다. 작업에 몰두하다 보면 두세 시간이 예사로 흐르곤 한다. 몸에서 특별히 이상 신호를 보내지 않으면, 장시간 앉아 있다는 사실조차 잊어버린 채 작업에 빠져 있곤 한다.

등받이가 없는 스툴은 기대앉을 수 있는 의자보다 확실히 더 불편하지만, 여러모로 쓰임새가 좋아 의자를 대신해 몇 개 가지고 있다. 몸집이 작아 공간 효율이 좋고, 쓰임이 유연해 의자, 테이블, 책꽂이 등 다양한 용도를 겸한다. 의자가 아닌 스툴에 앉아서 밥을 먹거나 작업을 할 때가 있다. 바른 자세를 유지하기 위해 힘을 더 많이 써야 하는 스툴은 30분 이상 나를 부동의 자세에 머물게 하지 않는다. 중간중간 일어서 뻐근해진 관절을 풀어주고 물도 한 잔 마시며, 재충전의 시간을 갖게 해준다.

　나의 몸은 기본적으로 안락함을 쫓는다. 척박했던 환경에서 생존율을 높이기 위해 우리의 선조들이 진화해온 방식이 위험을 최소화하고 안락함을 도모하는 일이었기 때문이다. 오랜 적응의 산물인 우리의 몸은 1만 년 전과 크게 달라지지 않았는데, 환경은 급변했다. 생존에 유리했을 과거의 본능을 따라 지금의 생활을 주도하면 본능의 의도와는 달리 정반대의 결말을 맞게 된다.

　일어설 기력이 있다면 최대한 감사한 마음으로 걷고 서고 움직인다. 한 번 일어서 걸을 때마다 건강한 장수가 한 시간씩 연장된다 생각하면 몸을 자유롭게 쓰는 매 시간이 소중하지 않을 수가 없다. 어떻게든 더 걸어볼 구실을 찾느라 가까운 길을 두고 멀리 돌아가기도 한다.

우리의 본능은 언제나 건강에 도움이 안 되는 쪽으로 기울어 있다. 의자가 보이면 자연스럽게 앉게 되고, 빈자리가 있는데 서 있기를 선택하기란 좀처럼 쉽지 않다. 몸이 상처와 염증으로부터 회복하는 시간은 만복이 아닌 공복 상태인데, 우리의 관심은 '무엇을 먹을까'에는 쏠려 있어도 '어떻게 덜 먹을까'에는 향해 있지 않다.

스툴은 더 이상 이롭지 않아진 본능과 이를 쫓으려는 나의 몸 사이 작은 제동 장치다. 특별히 기억하려 애쓰지 않아도, 스툴에 앉은 몸은 불편이라는 신호가 찾아오면 내게 일어서라 말한다. 적당히 불편한 앉을 자리가 나를 부지런히 움직이게 채근한다면, 이는 해소해야 할 요소가 아닌 고마워해야 할 불편이다. 건강하지 못한 습관과 약간씩 거리를 두게 하는 적당한 몸과 마음의 마찰. 안락함으로 한없이 기울어지다가도 사이사이 의식을 가질 수 있도록 불편이 알람을 울려준다.

소비보다 품위 있는 관리의 즐거움 _ 블라우스

　신발 한 켤레를 매일같이 신고 같은 가방을 일 년 내내 들고 같은 블라우스를 한 철 내내 입다 보면, 수명이 다해가는 물건의 모습을 마주하게 된다. 물건도 세월을 입으면 빛이 바랜다. 그렇지만 잘 관리하면서 사용하면 낡더라도 보기 좋게 나이가 든다.

　리넨 블라우스 한 벌을 여름 내내 교복처럼 입고 다닌다. 그 대신 애지중지하며 관리의 손길을 아끼지 않는다. 외출 시 최대한 깨끗하게 입고, 귀가 후 옷걸이에 걸어 바람이 잘 통하는 곳에 보관하고, 맑은 날 깨끗하게 세탁해 볕에 바짝 말린다. 블라우스는 분명 낡았지만 입을 때마다 새것 같은 기분 좋은 착용감이 있다. 긴 시간 사람 손을 타고 수도 없이 세탁과 건조를 반복해 리넨에도 세월이 묻었다. 하지만 결코 초라해지지 않았다.

물건의 값어치는 두 번 결정된다. 구입 당시 한 번, 사용하는 동안 또 한 번. 첫 번째는 판매자가 결정하나, 두 번째는 사용자가 결정한다. 물건에 양품과 졸품이 있듯이 소유에도 격과 급이 있다. 영화 〈토이스토리〉를 보면 우디, 버즈, 슬링키처럼 앤디의 장난감은 상태가 좋지만, 건넛집 시드의 장난감은 어느 것 하나 성한 게 없다. 같은 물건이라도 어떻게 쓰느냐에 따라, 즉 소유의 품격에 따라 새것보다 더 애착이 가는 헌것이 되기도 하고, 헌것보다 못한 새것이 되기도 한다.

품위 있는 소유는 웬만한 소비보다 만족감이 높다. 가진 것을 살뜰하게 관리하고 사는 곳을 정갈하게 유지하며 얻는 만족이, 매번 새것을 구입하며 충족할 만족보다 질도 높고 지속성도 더 있다. 무언가를 새롭게 사고 소비하는 행위 이상으로 가진 것을 소중하게 쓰고 돌보며 얻는 만족이 결코 적지 않다.

소유와 소비가 삶의 중심에서 사라졌음에도 나의 삶은 활기를 잃지 않았다. 사는 곳, 입은 옷, 가진 물건 어느 것 하나 나의 손길이 닿지 않은 곳이 없다. 세심한 돌봄을 받은 주변은 생활하는 나 자신에게 가장 먼저 보답한다. 깨끗한 침대 시트, 잘 세탁되어 정갈하게 수납된 옷가지, 반짝이는 욕실, 향기로운 실내, 먼지 한 톨 없는 마루는 내게 쇼윈도에 걸린 옷, 온라인 쇼핑몰의 상품 페이지, 참신하고 혁신적인 어떤 새 가전제품보다 더 기분 좋은 보상이다. 소비의 빈자리를 느끼지 못하는 게 아니라 가진 것을 상태 좋게 관리하는 데만 신경을 쏟아도 늘 시간이 부족하기에, 좀처럼 소비의 부재를 의식할 새가 없는 것이다. 가급적 적게 소유하려고 노력하는 이유도, 소유의 무게가 가벼운 편이 어느 것 하나 소홀히 하지 않고 관심을 쏟기가 쉽기 때문이다.

원했던 것을 손에 얻는 즐거움, 새로운 것을 구경하는 재미가 삶의 크나큰 기쁨임은 분명하다. 하지만 이미 가지고 있는 것을 책임감 있게 관리할 수 있어야 새것을 들이는 기쁨 또한 온전히 누릴 수 있다.

리넨 블라우스는 새것의 티를 벗고 세월을 입어, 옷깃은 더 뻣뻣해지고 레이스는 숨이 많이 죽었다. 하지만 투박해도 여전히 질기고, 몸을 감싸는 감촉은 더 편안해졌다. 모든 것은 낡아도 보기 좋게 나이 들어간다. 이 모든 장면이 성실하고 책임감 있었던 지난날의 근거이기에, 수고롭지만 지금보다 더 애를 쓸 가치가 충분하다. 오랜 시간 내 곁에 머물게 된 물건이 늘어갈수록, 삶에 대한 나의 진실한 태도 또한 무르익어 간다.

소비 습관에 대해 자신감 얻는 법 _ 카드 지갑

돈 관리에 자신이 없었던 시절, 얼마를 쓰고 있는 지도 모르고 긁게 되는 카드 대신 약간의 현금을 지갑에 넣고 다녔다. 지폐는 쓰는 족족 없어지는 정직한 교환 수단이기에, 카드와 달리 소비의 감각이 날카롭게 사용자의 피부에 전해진다. 아무리 헤프게 쓴다 해도 수중에 돈이 만 원뿐이고 그마저 바닥을 보이면, 하고 싶은 일을 단념하고 유혹은 뿌리치고 귀가를 서두르는 수밖에 없다. 월말에 카드 명세서를 확인하며 기억에도 없이 새어 나간 돈의 자국을 더듬으며 쓰린 속을 감내해야 했던 과거와 결별하기 위해 내린 특단의 조치였다.

하루 생활비로 만 원을 정해놓고 그 안에서 필요한 식재료를 사고, 공과금과 보험료를 납부하고, 쓰지 않을 수 없는 곳에 돈을 쓰고도 남으면 나중을 대비해 지갑 안주머니에 감추어 두었다. 스스로의 씀씀이를 신뢰할 수 없던 초창기, 강압적으로라도 사용할 수 있는 돈의 총량을 제한해 과소비나 충동구매로 인한 경비 지출을 예방했다. 그렇게 카드 대신 현금으로 지출하는 생활을 한 지 7, 8개월 정도 지나자, 매번 쓰는 돈은 품목도 금액도 변동 없이 일정하게 유지되었고 어지간해서는 갖춰진 틀 밖을 벗어나 지갑을 여는 일도 없어졌다.

위기를 느꼈을 때 내가 선택한 것은 스스로에 대한 믿음이 아닌, 믿음이 실망으로 뒤바뀌지 않기 위한 대책 마련이었다. 마련한 대책으로 충분히 자신에 대한 신뢰가 쌓이면 그때 다시 믿고 맡겨도 늦지 않았다. 내역을 추적하고 가계부를 쓰고 고민하며 에너지를 낭비하기보다 불편하더라도 호되게 시작해 뒤탈 없는 과정을 누리는 편이 덜 불안하다.

하루 만 원이라는 여유 없는 생활비로 한 달씩 한

해 절반을 지내보니, 주머니 안에 돈이 조금 더 있어도 돈 쓰는 범위는 월 30만 원 언저리에서 크게 벗어나는 법이 없었다. 일정한 정도가 기분의 고저에 관계없이 오래도록 유지될 때쯤 현금을 졸업하고 다시 카드를 휴대하기 시작했다. 잔액의 압박이 없는 카드를 사용하면서도 스스로가 위태롭지 않을 만큼 씀씀이에 자신이 생겼다.

이 같은 마음가짐의 변화가 지갑의 변천사에 고스란히 남아 있다. 지폐가 넉넉하게 들어갈 장지갑에서 반으로 접는 반지갑으로, 반지갑에서 지폐 수납공간이 따로 없는 동전 지갑으로, 동전 지갑에서 카드 두세 장 겨우 들어갈 명함 사이즈 카드 지갑으로, 지갑이 축소를 거듭할수록 돈에 대한 자신감은 몸집을 키웠다.

소비의 불확실성을 현금이 든 지갑을 휴대하며 메웠고, 자신감이 생기면 제일 먼저 지갑의 부피를 줄였다. 소비 습관에 대한 신뢰가 지갑에 대한 의존을 줄인 셈이다. 나의 욕망과 걱정의 대리인이었던 지갑은 불안이 자취를 감추며 함께 소멸했다.

물건은 종종 불안, 걱정, 욕망과 염원을 대리하고

동행하고 견인한다. 이루고 싶은 꿈과 이상을 물건에 투영해 그것을 간직함으로써 소유가 나의 원망(願望)과 노력을 보조하고 가속할 것이라 기대한다. 어학 교재로 가득 채워진 책장 한 칸에는 외국어를 잘하고 싶다는 욕심이, 사서 모아놓은 운동용품에는 군살 없는 건강한 몸에 대한 갈망이 있다. 소유한 물건의 자취를 더듬어 가다보면, 가장 생생한 나의 현재를 조우할 수 있다. 단지 현재와 미래의 상징에 그치지 않고, 의욕을 되찾게 하고 실천을 독려하며 지속의 근거로 자리해준다. 소유에 기대어 동기를 촉진하지 않아도 될 만큼 행위에 자신이 싹트면, 물건의 존재감도 미미해진다. 사용자의 곁에서 시간에 생기를 불어넣고, 쓰임이 다하면 또 묵묵히 자리를 비운다.

묵직했던 장지갑이 얇고 작은 카드 지갑으로 바뀌는 동안 나의 경제관념도 무럭무럭 성장했다. 어떤 물리적 제동 장치 없이도 나의 소비 습관에 무한한 신뢰를 보낼 수 있게 되기까지 여러 개의 지갑과 함께 다져온 시간이 있었다. 한 뼘씩 차오른 스스로에 대한 신용에 힘입어, 조금씩 더 작고 가볍게 지갑을 바꾸고 비울 수 있었다.

　가까운 미래에 결제 앱 하나로 소비 생활이 가능해지는 날이 온다면, 그때는 아예 지갑이라는 소지품과 작별해야 될지도 모른다. 이때는 잊지 않고 시기별로 소지했던 각기 다른 지갑들이 뇌리를 스칠 것이다. 그날에 이르기까지 그 물건들이 기여했던 몫을 가만히 되뇌어 볼 것이다.

소유의 안전거리 두기 _ 서랍장

책장 위에는 작은 소품함이 있다. 높이와 폭이 각각 10센티미터가 조금 안 된다. 이 안에는 고무줄, 볼펜심, 단추, 옷핀, USB, 인감, 눈썹칼 등 이렇다 할 제자리를 정하지 못한 부피가 작은 물건이 가득 들어 있다.

하지만 딱 이만큼이다. 가로세로 한 뼘 크기의 작은 서랍장까지 선을 그어놓고, 그 이상을 넘으면 제 집을 찾아주든지 처분을 한다. 너저분함을 허용하는 면적도 딱 가로세로 10센티미터까지다.

입이 하나인 집이나 둘인 집이나 밥을 해 먹으니

밥솥, 주걱, 식칼, 주방 가위, 프라이팬은 하나씩 다 필요하다. 시중에서 판매하는 손톱깎이, 세제, 반창고, 상비약 같은 것은 1인용과 4인용이 따로 없다. 혼자 사나 넷이 사나 생필품의 규모가 어느 정도는 될 수밖에 없다. 그렇게 이래저래 편의를 앞세워 물건을 들이기 시작하면 담는 통도 하나둘 더 늘고, 갈 곳 잃은 물건은 보이는 이곳저곳에 쌓이고, 단정했던 생활환경에도 조금씩 복잡함이 늘어간다.

수납을 없애고 집의 면적을 줄이면 자연스럽게 살림의 규모가 줄고 단순한 생활이 시작된다. 물건이 늘어날 구실부터 싹을 자르면 가진 물건을 검토하고 들일 물건을 신중하게 생각하는 일이 습관처럼 자연스레 몸에 밴다. 집이 좁으니 둘 수 있는 가구의 수는 한정적이고, 선반이 하나뿐이니 놓을 수 있는 그릇의 개수도 몇 안 된다. 책장 위 작은 서랍장은 서랍 한 개에 연고, 두통약, 볼펜 두어 개를 넣으면 만석이다.

소유는 방심하기 시작하면 걷잡을 수 없는 불길처럼 번지고 증식한다. 좁은 집, 적은 수납, 한 뼘 크기의 작은 서랍장은 나도 모르는 새 덩치를 키워버리는 소유의 무분별한 성장을 억제하는 방파제 역할을 한다.

소유욕을 감당할 넓이의 집에 살 경제력이 안 되면, 쾌적하게 살기 위해서라도 욕망을 축소할 필요가 있다. 작은 그릇을 쓰고 작은 수저를 쓰면 과식을 어느 정도 피할 수 있듯이, 큰 집에 살지 않는 것은 가장 적절하게 소유할 수 있는 하나의 노하우다.

현재 살고 있는 집은 부엌이 유달리 작아 수납공간은 싱크대 아래의 장과 위의 선반 두 칸이 전부다. 그릇 두어 개, 냄비 하나, 컵과 드리퍼를 놓으면 더 이상 무얼 넣을 데가 없다. 처음 이 부엌을 보면 '이런, 다 들어가려나?' 하고 걱정부터 앞서는 게 보통이겠지만, 나는 살림살이를 이것저것 쟁여놓지 않아도 돼 도리어 작은 부엌을 더 반겼다. 잡다한 가재도구를 쟁이지 않아도 될 정당성을 얻은 것 같아, 작은 집에 정도 금방 붙였다.

주어진 공간에 맞게 소유를 조정한다. 집이 작아지면 들이는 책의 권수, 가구의 크기, 집기의 개수도 함께 줄어야 마땅하다. 작은 공간, 부족한 수납은 소유를 줄일 최고의 명분이다. 다시 말해, 적은 노력으로 정리를 생활화할 수 있는 최상의 지침이다.

거리두기로 배운 통찰 _ 스마트폰

한 해가 중반에 접어들었을 때 나는 스스로에게 한 가지 도전 과제를 던졌다. 늘 분신처럼 손에 지니고 다니는 스마트폰과 일정 거리를 두고 어떤 변화와 깨달음을 경험할 수 있는지 체험해보기로 했다. 집을 나서는 순간부터 대단한 귀중품이라도 되는 양 손에 꼭 쥐고, 귀가 길에 올라서도 수시로 만지작거리는 이 물건이 과연 내 삶에 이로운 것일까 싶은 합리적인 의심이 싹트기 시작했기 때문이다.

내가 내세운 규칙은 간단하고 분명했다. 외출 시

스마트폰을 휴대하지 않을 것. 단, 업무상 필요할 때는 휴대하되 문자, 통화 외 기능은 사용하지 않을 것. 한마디로, 휴대폰은 상황에 따라 유효하나 스마트폰은 완벽히 부재한 한 달이었다.

스마트폰과 거리를 두는 생활은 장점과 단점이 공존하는 묘한 시간이었다. 안정과 불안, 불편과 편의를 동시에 경험했고, 의외성을 느낀 적도 많았다. 우선 스마트폰이 없으니 양손이 자유로워 보행 속도가 눈에 띄게 빠르고 경쾌해졌다. 허리가 굽거나 어깨가 말리거나 목이 당겨지지도 않았다. 실수로 스마트폰을 손에서 놓쳐 액정이 파손될 위험으로부터도 완벽히 자유로웠다.

하지만 이 실험은 난감한 상황을 초래하기도 했다. 어딘가를 찾아갈 때는 스마트폰에 설치된 지도 앱을 보며 길을 찾는데, 의지할 지도가 없었다. 사전에 손으로 지도를 그리고 역 주변 지리를 미리 파악하는 등 만반의 대비를 해도, 지형지물에 변화가 생기거나 출구에 설비 공사가 진행되는 등 변수가 생길 때면 그야말로 속수무책이었다. 실험을 진행하는 동안 두 차례 이런 상황을 경험하니,

다른 건 몰라도 스마트폰의 GPS 기능만큼은 삶의 질에 직접적으로 관여한다는 확신이 들었다. 길에서 헤매며 가슴을 졸이고 시간을 허비했던 당시를 생각하면, 느긋하게 출발해 여유 있게 움직여도 일정이 넉넉했던 스마트폰이 있는 생활이 새삼 고마웠다.

물론 순기능도 적지 않았다. 무료한 시간이 많아지며, 생각과 생각 사이 빈틈이 늘어났다. 심각한 활자 중독이라서 이동 중 1분이라도 시간이 남으면, 스마트폰으로 늘 무언가를 읽으며 그 사이를 채웠다. 쉬지 않고 밀려들어 오는 인풋을 감당해야 했던 뇌가 모처럼 휴식기를 맞았는지, 내게 참신한 상상을 해볼 여지를 더 자주 주었다. 후에 느꼈는데 이동하는 동안 소비한 글과 정보 대부분은 시간이 지나면 휘발되어 뚜렷한 성과로 이어진 적은 거의 없었다.

한 달간 스마트폰 없이 지내보며, 스마트폰과 나의 관계를 진지하게 재고해보았다. 지도, 카메라, 날씨, 인터넷 뱅킹, 자전거 대여 앱과 같은 용도가 단일하며 명료한 소프트웨어는 스트레스를 야기하지 않았다. 검색 포털, SNS, 전자책과 같은 사고의 연쇄 작용을 일으키는 서비스는 유용하긴 해도 누적될 경우 반드시 피로를 유발했다.

실험이 종료되던 날, 나는 스마트폰에서 SNS 앱을 모두 삭제하고, 검색 포털과 뉴스, 전자책 앱은 폴더를 만들어 감춰놓았다. 지금도 이것을 완벽하게 지키는 것은 아니지만, 의식해서 다루니 스마트폰을 사용하며 느끼는 피로는 전보다 확실히 덜하다.

실험의 가장 큰 수확은, 지금껏 생산성에 기여한다고 믿어 적극적으로 소비했던 많은 정보가 그저 소모적인 정크 정보에 불과했다는 사실을 발견한 것이다. 이는 스마트폰을 사용하며 한 번도 인지하지 못했던 부분이다.

우리 삶을 이루는 많은 것들은 적당히 거리를 두었을 때 비로소 본질을 드러낸다. 지나치게 가까이 있으면 근시안적으로 인지하게 된다. 어떤 것의 쓰임을 정확하게 되묻고 의도를 명확히 파헤치기 위해서는 멀찍이 떨어져 관조하는 것이 필요하다. 그것이 물건일 경우 보다 유용하고 현명하게 사용할 지혜를 터득할 것이다. 갈등의 경우 너무 밀접해서

보지 못했던 상대의 입장을, 사람의 경우 그가 지닌 긍정적인 이면을 포착하는 눈을 갖게 될 것이다.

02부

삶이 글이 되게

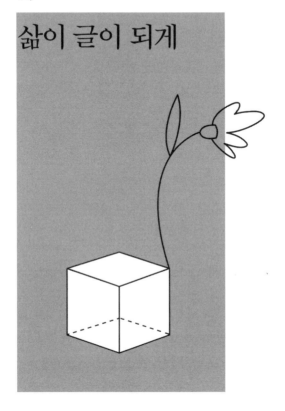

대체할 수 없는 가치에 대한 존중 _ 몰스킨

어딜 가든 수첩을 내 분신처럼 휴대한다. 일정, 생각과 아이디어, 좋은 글귀나 말 등 온갖 잡다한 기록을 수첩 한 권에 몰아서 하고 있어, 두 달이면 200쪽짜리 수첩 한 권을 다 쓴다. 수첩을 꽤나 헤프게 쓰면서도 품질만큼은 타협하지 않고 최고를 고집하고 있다.

작은 수첩 한 권이 2만 원 정도인 몰스킨은 그다지 가격이 '합리적'이지는 않다. 그러나 글을 쓰기 시작한 초창기부터 어쩐지 수첩만큼은 몰스킨을 포기할 수가 없었다. 소비란 오직 합리성과 정직한 기능에만 기초해야 한다고 밝혀온 나의 신념과 대립하는 모순된 선택이지만, 그럼에도 쉽게 내려놓을 수 없었다.

상황에 떠밀려 간간이 다른 수첩을 써본 바로는 종이의 질, 내구성, 완성도까지 약간씩 차이는 있을지언정 몰스킨과 견주어 특별히 더 못하지는 않았다. 기필코 몰스킨이어야 할 뾰족한 이유는 없었다. 빈번한 구입 주기와 합리적인 가격을 따진다면 더 나은 대안을 찾는 게 마땅하다.

트렌드의 변화 또한 이 같은 나의 의구심을 부채질한다. 대형 서점의 코너 하나를 당당하게 차지하고 있던 몰스킨의 위상은 날로 초라해져, 더는 서점에서 몰스킨의 위풍당당함을 찾아볼 수 없게 되었다. 가격에서 밀리고 품질에서 위협 받으니, 충직하게 매장을 찾는 사람은 나 같은 고지식한 소수의 골수팬뿐이다.

그럼에도 나는 수첩만큼은 지금껏 그랬듯 몰스킨을 어떤 것보다 최우선시할 생각이다. 지금보다 더 구하기가 어려워져 발품을 많이 팔아야 한다고 해도, 손으로 쓰는 모든 글은 몰스킨 하나에만 담고 싶다.

내가 몰스킨을 고수해온 이유는 애초부터 가성비나 내구성이 아니다. 품질은 허울일 뿐, 내가 소비한 것은 몰스킨이라는 브랜드 가치였다. 그 브랜드가 불러오는 기억과 그 안에 보존된 이야기, 몰스킨의 비전, 문구계의 명품이라는 상징성. 글쓰기가 내 삶에서 차지하는 비중과 견줄 수 있게, 내 글을 기록하는 수첩만큼은 어느 정도 격을 유지하고 싶은 허영이 있었던 것이다.

손으로 쓴 모든 글은 수십 권의 몰스킨을 거쳤다. 소진한 수첩의 권수만큼 글과 나는 성장했다. 깨끗한 첫 장을 펼쳐 든 순간부터, 손때에 전 마지막 장을 채울 때까지, 모든 과정은 매번 색다른 기억과 시간으로 점철되어 있다. 몰스킨은 쓰는 나의 분신이자, 쓰는 행위의 축약이다. 주변으로부터 분리되어 외로이 종이 위 나만의 세상을 건설해가는 동안에도 몰스킨만큼은 내 곁을 우직하게 지켰다. 글을 쓰며 키워온 열정과 창작에 대한 애착과 욕망이 이 한 권에 고스란히 담겨 있다.

무엇 한 가지를 오랫동안 쓰며 애정과 추억을 주

고받은 경험이 있다면 무엇이 되었건 그것은 대체할 수 없는 가치를 지닌 물건이 된다. 사치에 엄격해 옷 한 벌, 구두 한 켤레, 귀걸이 한 짝도 고심해서 구입하는 내가 유일하게 계산대 앞에서 세상 호기로운 순간이 몰스킨을 구입하는 때다. 터무니없는 가격일지라도 몇 년간 함께 살을 부대끼며 교감한 세월이 있다면 사치의 근거로는 충분하다. 귀한 바탕인 만큼 더 묵직하고 진중하게 쓸 수 있게 한다. 마땅한 사치이고, 아깝지 않은 낭비다.

다양한 직군 속 창의적 활동을 했던 많은 예술인들이 창작의 플랫폼으로 오랜 시간 몰스킨을 선택해왔다. 이 또한 몰스킨일 수밖에 없는 수많은 이유 가운데 하나다. 하나의 물건으로 각기 다른 이야기를 창조한 수만 명의 지난 주인들이 손때를 층층이 묻혀, 브랜드 가치의 가장 튼튼한 지반을 확보한다. 그 일원이 될 수 있다면, 기꺼이 앞으로도 몰스킨에 조건 없는 사랑을 약속할 것이다.

알파벳 몇 글자가 있고 없음에 따라 가격표의 앞자리 숫자가 달라지는 옷과 가방을 보며 늘 불가사의한 시선을 보냈지만, 사실 그 수수께끼 같은 소비를 가장 활발히 한 건 나였다. 물건과 사용자가 서로 공유한 시간, 만든 이의 의도와 이야기, 최고의 자리에 오르기까지의 여정, 이 모두가 응집된 총합이 브랜드다. '과시'로 매도하기에는 너무 많은 귀중한 이야기가 생략되어 있다. 대체 불가한 가치를 부여할 수 있고, 스토리가 있다면, 핸드백 하나에 0이 여섯, 일곱 있다 해도 이해할 여지가 있고, 타당한 소비였다 납득할 수 있다.

포기할 수 없는 자신만의 중요한 영역에 관해서라면 누구든 품위와 격조를 지키고자 한다. 사치하고 싶은 영역이 있다는 건 지키고 싶은 가치가 분명하다는 말과 같으니, 어떻게 보면 이보다 더 분명한 삶이 또 없지 않을까 싶다.

삶이 글이 될 수 있는 비결 _ 삼색 볼펜

한 해 열두 달, 나는 이 열두 달을 조금 특별한 셈법으로 경험한다. 쓰는 생활자인 내게는 격월에 한 번, 한 해 여섯 번 경험하는 부동의 일정이 있다. 한 달의 마지막은 한 번의 반환점을 뜻하고, 이 반환점을 열두 번 돌면, 늘 하던 일을 같은 자리에서 여섯 번 하게 된다.

형체 없는 거대한 덩어리에서 시작하는 창작은 지저분하고 두서없어, 적절한 정리 없이는 어떤 작품으로도 거듭나지 않는다. 방 한가득 발 디딜 틈 없이 수집해온 영감의 잡동사니를 똑똑한 기준으로 분류해, 불필요한 살점을 떼어내고 논리적인 구성으로 두 번 세 번 더 조합해야 비로소 한 편의 글, 한 점의 작품이 된다. 새롭게 만들고 써 내려간 시간보다 자르고 오려낸 시간이 압도적으로 길고, 이 시간이 정성스러울수록 결과물은 만족스러워진다.

수첩 한 권을 빼곡히 채우는 검은 글자는 내가 써 남긴 모든 글의 시초다. 어떤 신박한 발상도 손으로 눌러쓴 글에 의지하지 않고는 새로이 시작될 수 없다. 두어 달간 부지런히 쓰고 남기며 기록에 열을 올리면 200페이지 남짓한 수첩 한 권이 뚱뚱하게 불어난다. 한 달 반에서 길게는 석 달을 주기로 수첩 한 권이 끝을 보이면, 나는 잊지 않고 삼색 볼펜을 챙겨 고요한 공간으로 가 '인수인계' 과정을 거친다.

두어 달간의 내가 글자의 형태로 고스란히 수첩 한 권에 스며 있다. 정보, 영감, 지식, 경험 등 두 달간 소비한 모든 문화와 그 인과관계가 다양한 생각과 고민, 배움과 감정을 촉진하고 이것들이 복잡하게 뒤엉켜 글로 남는다. 맥락 없는 문장과 해독이 필요한 글씨체로 빼곡한 200페이지 분량의 잡문을 헤집고 쓸 만한 원석을 찾는다.

　실속 없이 긴 글, 유효 기간이 지난 메모, 의미 없는 혼잣말을 골라내고 검정 펜으로 사선을 긋는다. 세 번 정도 이 작업을 반복하면, 봐야 할 글은 절반으로 줄어든다. 한결 가벼워진 수첩은 빨간 펜으로 다시 한 번 검토한다. 검정 펜은 '버릴 것'을 골라내고, 빨간 펜은 '남길 것'을 찾아낸다. 음감이 좋은 표현, 알이 실한 주제, 가능성이 있는 단어와 문장은 밑줄을 치고, 이월이 필요한 메모는 동그라미를 쳐 표시한다. 꼼꼼하게 헌 수첩을 두루 살피고 나면, 수첩 한 권을 6이닝 정도 회전한다.

　검은 사선과 빨간 밑줄로 아수라장이 된 수첩을 파란 펜으로 새 수첩에 옮겨 적으면 두 달치 글감에 대한 인수인계도 끝이 난다. 파란 글씨가 선도하는 깨끗한 새 수첩을 보면, 지난 두 달과 작별하고 새로운 달을 맞이할 마음가짐을 한다. 인수인계 작업이 여물게 진행되지 않으면 어떤 새 글도 쓰이지 않는다. 미루지 않고 신속히 인수인계를 마치는 이유는, 다가올 날을 위한 또 다른 글을 서둘러 쓰기 위해서다. 월말에 실적을 정산하고 지난 서류를 폐기하듯,

헌 수첩에서 새 수첩으로의 꼼꼼한 인수인계는 밝아올 새 분기를 개운하게 맞이하기 위한 필수 작업이다.

삶이 글이 될 수 있는 비결은 특별한 재능에서 기인하지 않는다. 태만하지 않고 성실히 꾸준함을 쌓고, 그 사이사이를 적절한 체계로 안정적으로 지탱한다면, 매일 쓰는 힘은 자연히 생겨난다. 막연한 생각은 글자로 남겨도 그 자체로는 어떤 가치도 만들어내지 못한다. 흘러버린 글과 일상을 정해진 시간에 약속된 규칙에 따라 잘 정돈하고 분류하고 배열해 모양을 잡아 갖추기를 게을리하지 않는다면, 삶은 하나의 멋들어진 오브제가 된다.

한 해 열두 달을 여섯 번 차분히 곱씹기를 몇 년 반복해보면, 지나간 작년, 지금의 올해, 다가올 내년이 결코 무심하고 아득하지 않다. 그 대신 치열하고 수고로운 나의 매일이 현장감 있게 보인다. 한 해를 조금 특별한 나만의 주기로 세어본다. 몇 권의 수첩으로 몇 번의 인수인계를 치렀는지, 이 개수가 달력보다 더 정확히 올 한 해를 가늠해준다.

오직 나만의 방식으로_책갈피

새 수첩을 사면 가장 먼저 페이지 사이에 끼워진 거추장스러운 끈부터 제거하는데, 읽던 책 사이 끼워 써보니 이게 꽤나 쓸 만한 책갈피가 된다. 다달이 수첩 한 권을 쓰고 있으니 끈이 부족할 걱정은 없다. 종이 책갈피는 정감이 없어 임시방편으로 포스트잇을 써왔는데, 수첩 사이 끈을 발견하고 보니 내가 찾던 책갈피가 바로 이것이었나 싶다.

작고 얇아 책에 구김을 내지 않고, 페이지 사이 쏙 집어넣으면 감쪽같이 모습을 감춰 독서를 방해하지도 않는다. 새 책을 사면 서점에서 책 사이에 두터운 종이나 비닐로 된 책갈피를 끼워주는데 어쩐지 정이 가지 않아 잘 쓰지 않게 된다. 신작을 광고하거나 기획 상품을 소개하는 문구가 들어간 것이 대부분인데, 휴대하자니 존재감이 과하고, 책 사이 끼워두면 독서에 방해가 된다. 게다가 어찌나 잘 잃어버리는지 책 한 권을 완독할 동안 같은 책갈피를 쓴 적이 한 번도 없다.

언젠가 여행을 자주 하는 사람으로부터 벨트 대신 노끈을 허리에 맨다는 이야기를 들었다. 금속이 달린 벨트를 하면 공항 검색대를 통과할 때 번거로워, 긴 끈을 대신 사용하기 시작했다고. 마침 수첩 끈을 책갈피로 유용하게 쓰던 터라 '그렇지, 끈은 여러모로 쓸모가 많지'라며 고개를 끄덕였었다.

어디에서도 본 적 없는, 그러나 내게는 꼭 맞는 단 하나의 책갈피. 오직 나만을 고려해 설계되고 선택된 책갈피. 삶에는 이처럼 작게는 책갈피부터 크게는 생활 방식과 태도까지 내가 만들어낸 나만의 개성이 담긴 선택과 흔적이 있다. 이 목록이 더 길고 풍부해질수록 내 손으로 빚어낸 나만의 삶도 그 고유함으로 더 빛을 낼 것이다.

자유롭게 창의적으로 선택하고 결정을 내린다고 생각하지만, 스스로조차 의식하지 못한 틀 안에 갇혀 있는 경우가 많다. 내게 자유와 주체적인 삶은 갖춰진 구조가 아닌, 아무것도 없는 빈 공간에서 뼈대부터 손수 채워가는 보다 역동적인 의사결정이다.

　그 과정에서 기존의 틀을 거부하고 새 길을 개척하기도 하고, 거친 물살을 거슬러 오르며 맞바람을 견디기도 한다. 기존의 양식과 믿음, 당연시되었던 만물에 의문을 품으며 행복으로 가는 로드맵을 처음부터 다시 쓰는 일이다. 내가 누리는 자유에 안주하지 않고 그것의 범위를 끊임없이 의심하는 자세이다.

　내게 적합한 형태를 찾는 그 과정은 종이 대신 끈을 책갈피로 사용하는 일이 될 수도 있고, 지갑 대신 집게를 휴대하는 일이 될 수도 있으며, 벨트 대신 노끈을 허리에 매는 새로운 의복 생활이 될 수도 있다. 그 과정을 지나고 오면, 거울이 없는 화장실, 침대가 없는 침실, 텔레비전과 소파가 없는 거실이 전혀 이상하지 않게 된다. 다소 기이하고 색다를지라도 나를 위한 선택이라 확신할 수 있다면 스스로를 믿고 존중하며 사랑할 수 있게 된다.

내 손으로 땅을 고르고 설계 도면을 그리고 무엇으로 벽을 쌓아 올릴지 선택하는 생활을 시작할 때 기존의 사고방식은 낡아 껍질이 되어버린다. 각인된 편견, 협소한 시야와 작별하고, 깨끗한 백지 상태에서 아무런 인지적 전제 없이 사물을 바라보고 이해하고 판단하고 의견을 제시한다. 주어진 선택지 중에서 고르는 일이 아닌, 선택지부터 창조하며 꼭 맞는 책갈피를 찾는 일이다.

백지 상태에서 다시금 삶을 바라보았을 때 비로소 어떻게 살아야 할지 좀 더 명확하게 판단할 수 있었다. 의식주부터 직업과 윤리, 행복과 가치까지 나만의 분명한 기준을 세움으로써 나와 삶 사이의 괴리를 최소한으로 좁히고, 나아가 그 둘의 합치를 꾀할 수 있게 된다.

나만의 책갈피가 하나둘씩 늘어 삶 전반으로 확장되었을 때, 어떤 사회적 풍토와 그릇된 관념에도 흔들리지 않는 굳건한 개성과 색깔이 자리 잡는다. 그런 삶이라면 다소 모가 나고 유연하지 못할지라도 스스로의 선택을 책망하고 후회하지 않으며, 자신을 의심하고 비관하지 않는다. 무엇에도 동요하지 않는 소신이야말로 나를 지켜내는 가장 든든한 성벽이 될 것이다. 모든 생활의 문법과 발전 양상을 내 손으로 쓰고 창조하는 환경은 나를 타인과 외부세계로부터 분명하게 구분 짓는 근거를 마련해주며, 스스로를 잃지 않고 신임할 확고한 기반이 된다.

책갈피도 포스트잇도 다 성에 차지 않았을 때, 별수 없다고 받아들이지 않고 끈질기게 대안을 모색했다. 그렇게 나만의 기준에 의거한 최선을 포착하는 요령을 익혀간다.

직접 만든다, 읽고 싶은 글도 _ 테이블

작업실에서 쓸 테이블이 필요해 한동안 인터넷과 오프라인 매장을 꽤 들락거렸다. 집 근처 가구점에도 가보고, 소셜 커머스도 부지런히 뒤졌다. 도무지 마음에 드는 탁자를 찾지 못해 차라리 하나 만들자 싶어 자재 시장으로 눈을 돌렸다.

눈을 씻고 찾아도 발견하지 못했던 완제품과 달리 부자재는 규격과 소재, 구체적인 니즈만 있으면 금세 찾는다. 내 경우는 요구 조건이 너무 많아 자재 업자에게 직접 주문하는 편이 두 배로 빨랐다. 규격은 가로세로로 각각 60, 120센티미터, 상판은 도

장이 되지 않은 우드색의 짙은 멀바우 목재, 다리는 테두리 프레임 없이 고정할 수 있는 두터운 철재 핀. 도면이 정확하면 DIY가 쉽다. 마음에 쏙 드는 모양의 다리와 원했던 색상과 크기의 상판을 따로 주문해, 사포로 문지르고 오일을 발라 그토록 찾아 헤매던 탁자를 얻었다. 소매를 걷어붙이고 톱밥을 뒤집어쓰며 손수 만든 테이블이다 보니, 수평도 안 맞고 홈집도 간간이 보이고 아직도 목재 얼룩이 묻어나지만 다 용서가 되었다.

취향과 기호가 꽤 구체적인 편이라, 원하는 것을 찾지 못해 구입 자체를 단념한 적이 많다. 이건 이 래서 안 돼고 저건 저래서 아쉽다며 뭐 하나 성에 차지 않아 하는 나에게 어머니는 종종 우스갯소리를 했다. "그냥 네가 다 만들면 되겠네. 옷도 그릇도 가구도 신발도 책도 다 만들어 써." 아닌 게 아니라 찾다 찾다 몇 번을 실패해 결국 직접 만들게 된 결과물이 집 안 곳곳에 있다. 이 집에 이사 오며 가장 먼저 한 일도, 집을 나의 입맛에 맞게 개조하는 작업이었다.

사는 방식도 취향도 세상을 보는 눈도 대중적 공

감대에서 번번이 소외되지만, 그럼에도 분명하고 일관된 나의 태도는 내 자부심이다. 이것도 좋고 저것도 좋았다면 싫은 게 많지 않아 무엇 하나 선택하기가 힘들다. 가방이며 커튼이며 뭐든 직접 만들 수고로움은 없지만, 백 퍼센트 마음에 쏙 드는 무엇과 조우할 일도 많지 않다. 싫고 가리는 게 많아도 좋아하는 한 가지를 구체적으로 설명할 수 있으니, 투덜거릴지라도 갈등은 하지 않는다. 시간을 조금 들여도 언제가 되었건 원했던 것을 실현하는 감동이 있다.

가구도 글도 책도 음악도 취향이 좁디좁아, 즐길거리가 많지 않아 늘 불만이지만, 뚜렷하고 디테일한 나의 기호가 생각해보면 언제나 창작의 가장 큰 동력이었다. 책을 쓰게 된 최초의 동기도 편협한 취향이다. 읽고 싶은 글이 이렇게도 분명한데 쓰지 않는 게 이상했다. 더 찾지 않고 직접 쓰며 결핍을 해소했다. 내 창작의 9할 이상은 실패한 소비에서 꽃피운 결과물이다.

미니멀리스트의 독서법 _ 연필

　진정으로 귀한 대접을 받은 책은 책장 속에 박제된 티 한 점 없는 전리품이 아닌, 너덜너덜 걸레짝이 되어서라도 독자의 삶에 깊이 관여한 쪽이다. 내가 최후의 순간까지 엄지를 들어 보일 쪽 또한 헐어서 떨어져 나갔더라도 문장 한 줄, 글자 한 자 제 할 일을 해낸 책이다.

　책을 쓰며 품었던 소망 역시 이 한 가지였다. 한 권 한 권 공들여 쓴 소중한 책이지만, 책장에 손때 좀 묻은들 어떠며, 읽다 잠들어 침 자국 좀 남은들 어떤가? 질 좋은 독서 경험을 위해 가해진 훼손이라면 적당히 애정 어린 흠집 정도야 도리어 만든 사람 입장에서도 환영이다. 하지만 어떤 경우에도 나의 책은 독자의 보다 이로운 삶에 기여할 수 있어야 한다. 정신없이 빼곡하게 원고지를 가득 채우면서도 이 한 가지만큼은 잊지 않았다.

시각적 집중력이 남들보다 취약해, 늘 뒷짐 지고 한 걸음 물러서서 책장을 노려보았다. 그럴 때면 언제나 책과 나 사이에 거대한 벽 하나가 버티고 들어섰다. 독서에 대한 존중은 책을 깨끗이 보는 자세에서 출발하며, 경건한 마음으로 조금의 흠집도 내지 않고 살금살금 읽어야 하는 게 책이라고 생각했다. 그런데 소중히 대할수록 어쩐지 책은 낯설고 어려운 존재가 되어갔다. 스스로 만들어낸 이 불편한 장갑이 독서에 짙은 권태를 만든 것이다.

밑줄도 긋고 좋았고 따스했던 진한 여운이 남은 이 부분 저 부분 적어 남기며 긴밀한 스킨십을 나누니 책과 나의 관계에도 살가움이 피어난다. 펜과 연필을 쥐고 적극적으로 만지고 쓰다듬고, 페이지 한 구석에 투박한 감상을 남겨도 보고, '그렇지 그래' 고개를 끄덕이고 '왜 그랬을까' 말도 붙여보니, 귀에 대고 소리치듯 책의 소리가 종이를 뚫고 마음에 박힌다. 불편한 장갑을 벗어던지자, 책과 더 깊고 살갑게 교감할 수 있었다. 평면의 종이는 넘실넘실 춤을 추며 입체적인 모습으로 속을 드러낸다.

물리적 친밀도는 책과 쌓을 교감에도 고스란히 영향을 미친다. 소중한 페이지 위에 자국이라도 남을세라 안절부절못하니 책과 나 사이에도 그만큼 거리감이 생겨버린다. 책에 대한 애정은 예나 지금이나 변함이 없지만, 책의 가치를 높이 살수록 관리와 보관은 뒷전이 된다. 책으로부터 흡수할 수 있는 양분을 야무지게 빨아들여 오직 더 기름진 인간으로 거듭나는 데만 몰두한다.

요즘은 책 한 권을 사서 조물락거리며 신체 접촉을 마다하지 않고 독서를 한다. 독서가 끝나면 책 역시 본래의 형태에서 멀어진다. 딱딱한 새것의 느낌은 온데간데없이 책등은 휘어질 대로 휘어졌고, 페이지마다 나의 흔적이 남지 않은 곳이 없다. 학창 시절 마르고 닳도록 곁에 두고 읽었던 교과서와 소설책이 딱 이랬다.

긴밀하고 끈끈했던 독서가 끝난 뒤면 전혀 다른

책 한 권이 탄생한다. 서점에서 처음 만나 어색했던 책과 나 사이는 어느덧 전혀 다른 관계로 맺어져, 잡고 읽는 나의 자세도 무척이나 자연스럽다.

나무는 진즉에 베어졌다. 신주단지처럼 모셔도, 손때로 페이지가 뚱뚱하게 불어도, 베어진 밑동은 부활하지 않는다. 그러니 나무의 희생이 아깝지 않게 죽음을 있는 힘껏 애도해야 한다. 사람 손 몇 번 거치지 않고 그대로 책장 속 장식물로 남는다면 책은 자못 분하고 억울해할지도 모르겠다. 전시장 속 조형물을 대하듯 감상하는 독서가 아닌 오감을 이용해 친구 하나 만들자는 마음으로 읽어간다면, 쭈뼛거리며 첫 장을 펼치지만 마지막에는 손때를 가득 묻혀가며 서로 체취를 공유하게 될 것이다.

책과 함께하는 그 순간에는 오직 나와 책 둘만을 생각해도 좋다. 제 몫을 충실히 해내고 장렬하게 전사한 책은 그저 잘 송별해주면 된다. 내 마음속 어딘가 진하게 남았다면 그 표피는 화장지, 땔감, 건설 자재로 제2의 인생을 맞을 수 있게 도와줘도 괜찮다. 잘려나간 나무의 밑동을 진심으로 애도하고 싶다면 더 나은 인간으로 거듭나기 위한 독서를 지향

해야 한다. 비록 그 과정이 수북한 손자국과 연필
자국을 남길지라도 말이다.

제약은 언제나 창작의 귀중한 재료로 활약했다. 헤밍웨이는 여섯 단어로 소설 한 편을 완성했고, 그 자비에 드 메스트르는 42일간의 가택 연금형을 받고 있는 동안 책 한 권을 써냈다. 안도 다다오는 더 없이 열악한 조건 속에서 '빛의 교회'를 완성시켰다. 문학사에 길이 남을 수많은 명작이 탄생한 요람이 옥중이었음은 잘 알려진 사실이다. 무엇 하나 자유롭지 못한 환경에서도 창작의 불씨는 거세게 타오른다.

넓은 캔버스, 무한대의 자유, 완벽한 설비, 나무

랄 데 없는 작업 환경은 최고의 조건 같지만, 사실 이보다 더 창작자를 매너리즘에 빠뜨리는 것이 없다. 선택의 폭이 협소해질수록 우리의 사고는 활기를 띤다. 무수히 많은 기회가 넘쳐나던 장소에서는 보지 못한 가능성이 새로이 열린다. 한정된 조건은 최선을 색다르게 모색하도록 창작자를 자극한다. 그 과정에서 우리는 한 차원 높이 도약하고 성장한다. 환경적 열세가 하나의 동기가 되어 뜻밖의 기지를 발휘하게 한다.

팟캐스트를 시작할 당시, 제대로 된 장비 하나 갖추지 못했다. 오디오 장비도 영상 편집툴도 없어서 휴대폰 한 대로 녹음과 편집을 하고 키노트로 섬네일을 만들었다. 2만 원짜리 작은 핀 마이크 한 대가 팟캐스트를 만들기 위해 구입한 유일한 장비였다.

부족한 기술력을 보완하고자 총력을 기울여 내용에 집착했다. 적지 않은 분량의 대본을 전부 손으로 써서 준비하고, 자료를 수집하고, 내용을 보완해 짜임새 있게 구성하고, 전달력을 높이고자 몇 차례 시뮬레이션을 거쳤다. 돋보이는 좋은 콘텐츠가 장비의 결함을 충분히 가려줄 것이라 믿고, 실한 알맹

이를 만들기 위해 최선을 다했다.

　무엇 하나 제대로 갖춰지지 않은 제작 환경이었지만, 그 덕에 나는 집중하고 싶은 나만의 영역을 찾았고, 내 창작물만의 강점과 개성을 포착해 개발에 박차를 가했다. 장비의 중요도를 과감히 밀어냈기에 미루지 않고 실행을 더 앞당길 수 있었다. 모든 것이 완비된 제작 환경이었다면 나의 최선 또한 총량이 제한적이었을 것이다. 고급 설비에 의존해 정작 중요한 내용은 소홀했을지 모른다.

　콘크리트는 건물을 지탱하는 구조체로만 사용하고 마감재는 따로 쓰는 현대 건축 기법과 다르게, 안도 다다오는 콘크리트의 색상과 질감을 그대로 살리는 노출 콘크리트를 마감재로 사용한다. 그의 건축 스타일은 사실 제약이 많던 환경이 그 모체다. '빛의 교회'를 설계할 당시 의뢰인은 부족한 예산으로 설계를 맡아줄 것을 요구했고, 그 때문에 한정적인 비용으로 설계를 해야 했다. 비용 절감이라는 제약이 있었기에 자연스레 불필요한 장식을 최소화하는 방향으로 건축이 진행되었고, 이것은 안도 다다오만의 스타일에 이르게 한 하나의 계기가 되었다.

영화에서도 제약은 창의적 장치로 활약한다. 〈맨 프럼 어스〉는 처음부터 끝까지 주인공의 집이라는 제한된 공간에서 전개된다. 카메라의 앵글조차 이동이 많지 않다. 그럼에도 불구하고 영화는 러닝 타임 내내 타이트한 긴장감과 가파른 호흡을 유지한다. 영화를 보는 내내 숨 막히는 긴장감에 손에 땀을 쥐며 몰입했던 기억이 있다. 화려한 액션과 드라마틱한 그래픽의 부재가 오히려 배우들의 연기와 이야기를 돋보이게 했다.

글을 쓰다 벽에 부딪힐 때면 나 또한 제약이라는 장치를 사용한다. 인터넷도 휴대폰도 없는 절간에서 며칠씩 지내며 글을 쓰기도 하고, 정보와 지식 소비의 단식을 자처하며 한동안 책도 읽지 않으며 시간을 보내기도 한다.

업무 도구를 선택할 때도 제약을 고려한다. 업사이즈가 아닌 다운사이즈, 업그레이드가 아닌 다운그레이드다. 외부에서 글을 쓸 일이 있으면 노트북이 아닌 작은 아이패드를 휴대한다. 화면도 용량도 더 작고 기능도 더 단조로운 도구지만, 그만큼 몰입을 방해하는 요소도 적다. 한곳에 모든 기록이 일목요연하게 정돈되어 있으니, 산재된 메모와 자료를 찾느라 시간을 허비하지도 않는다. 작고 가벼우면서 배터리 지속성은 뛰어나니, 어디에서든 자리 잡고 글을 쓸 수 있다. 아웃풋만 놓고 보면 노트북보다 아이패드가 질이 더 좋다.

이따금 자유 한복판에 나를 구속할 만한 갑갑한 장애물을 몇 놓아본다. 공간을 반으로 자르고, 울타리를 치고, 눈을 감고, 외발로 걸어본다. 불편할 만한 조건을 하나씩 추가하며, 나의 문제 해결 능력을 자극한다.

자유가 정도가 지나치면 아이디어는 진부해진다. 성벽을 뛰어넘어 자유를 쟁취하고자 한다면 먼저 자유를 제한할 성벽을 경험해야 하고, 선택의 기쁨을 충분히 맛보려면 무엇 하나 자유롭지 못했던 과거가 있어야 한다. 우리의 창의성은 까다롭고 변덕이 심해, 지나치게 유복한 환경에서는 도리어 게으름을 피운다. 집념은 선택지가 많지 않은 환경에서 가장 무르익는다.

창의적 영감이 떠오르지 않아 오랜 시간 권태로

움과 사투하고 있다면, 지금보다 더 궁핍한 환경으로 스스로를 결박해볼 필요가 있다. 할 수 없는 게 많아진 지금이야말로 할 수 있는 것이 어느 때보다 분명한 때다.

사고의 전환으로 전혀 다른 시각을 얻는 법
_ 소설 《어린 왕자》

일상적으로 쓰는 단어가 또 다른 언어에는 유사한 표현조차 없어, 뜻을 설명하자니 말이 길어지곤 할 때가 있다. 식사 전후로 예를 표하는 전통이 있는 우리와 일본의 언어에는 '잘 먹겠습니다', '잘 먹었습니다' 같은 표현이 있지만, 영어와 중국어에는 이 뜻을 그대로 전달할 수 있는 표현이 없다.

자신의 의견을 간접적으로 표현하는 데 익숙한 동양에서는 완곡어법을 주로 쓰는 반면, 서양에서는 대체로 직설적이고 직관적인 표현을 쓴다. 중요한 내용이 글의 끝부분에 오는 미괄식 어법이 동양

권 언어에서는 어색하지 않다. 그러나 영어를 비롯한 유럽의 언어는 대체로 주어와 동사가 글의 첫머리에 오기 때문에, 화자가 핵심을 두고 더디게 진위에 이르면 'So, what's your point?(그래서 무슨 말이 하고 싶은 건데?)' 라며 화자를 분명하지 못한 사람으로 간주한다.

일본어의 '〜と思います(~라고 생각합니다)' 라는 표현을 큰 무리 없이 이해하고 불편 없이 사용할 수 있었던 것은 모국어가 한국어이기 때문에 가능했다. 'A는 B다' 라는 의견을 우리는 종종 문장 뒤에 '~인 것 같다' , '~라고 생각한다' 와 같은 표현을 덧붙여 에둘러 말한다. 일본도 우리와 동일하지는 않지만 흡사한 언어 습관을 가지고 있다.

이밖에도 언어로 빚어진 문화, 문화로 빚어낸 언어는 외국어를 공부하며 수도 없이 마주친다. 그것을 통해 언어란 단지 의사를 전달하는 수단을 넘어서, 사고를 지배하고 인격을 형성하며 취향을 구축하는 기반이 되었음을 알게 된다.

삶에서 변화를 추구할 수 있는 방법은 많지 않다. 작고 사소한 변화야 수동적인 형태로도 어느 정도의 자극을 줄 수 있지만, 생활의 뿌리를 흔들고 사고의 전환을 가져올 큰 변화는 자력으로 만들어내기에는 한계가 있다. 오직 변화할 수밖에 없는 환경에 놓여야만 고착된 나의 사고와 행동도 변형을 시도한다. 이사를 가거나 전직을 하거나 새 친구를 사귀거나 결혼을 하는 등 굵직한 사건에 처했을 때 가능한 일이다. 변화에 대한 갈망 하나만으로 쉽게 결단할 수 있는 일은 결코 아니다.

환경에 의지하지 않고도 변화를 이끌어낼 수 있는 방법 중 한 가지가 새로운 외국어를 습득하는 일이다. 어쩌면 환경과 사람 그 이상으로 언어는 삶의 크나큰 변곡점이 될 수 있다. 한 언어는 그 언어로 소통하는 민족의 모든 생태와 습성을 품는다. 그들의 언어를 모방하다 보면, 사고하는 방식, 느끼는 감정의 결, 특정 상황에 반응하는 태도, 생각이 미치지도 못한 세밀한 영역까지 그들을 닮는다. 그러나 외국어는 아무리 배워도 일정 수준 이상으로 내 안에 스미지 않음에 또 한 번 나와 모국어 사이의 놀라운 결속력을 실감한다. 언어는 본능보다 더 가까이 우리의 정신을 지배한다.

때로는 외국어를 습득하는 과정에서 뼈아픈 사실을 깨닫게 된다. 한국어에서 '착하다' 는 칭찬이지만, 영어에는 이것에 대응하는 단어가 없다. 영어권 문화에서 오래 생활하고 긴 시간 영어를 사용하다 보니, 한국어의 '착하다' 가 영어로는 '순종적이다', '수동적이다' 와 같은 표현으로 설명이 된다는 사실을 알아차린다. 그들의 언어로 좋은 성품을 칭찬하려면 '매너 있다', '배려한다', '정중한 언어를 쓴다' 와 같이 보다 구체적이고 분명한 단어를 선택해야 했다. 우리가 '착하다' 고 칭찬한 누군가의 특징을 살펴보면, 대부분의 경우 성미가 유순하고 어조가 강하지 않으며, 표현보다 경청을 택한 사람이었다. 튀지 않고 단체에 순응하는 성격을 환영하는 우리 문화권의 특성을 정확히 통찰할 단서가 이 한 단어에 있다. 물론 나는 지금까지 영어로 누군가를 '착하다' 고 칭찬한 적은 단 한 번도 없다.

이토록 깊은 곳까지 언어가 우리의 의식 세계를 장악하고 있기에, 새로운 외국어를 습득하면 세상을 바라보는 전혀 다른 시선 하나를 얻게 된다. 구사할 수 있는 외국어가 하나씩 추가될 때마다 나는 이제껏 경험해보지 못한 방식으로 말하고 느끼고 생각하고 이해하는 자신을 만난다. 입을 떼기 전에는 반드시 잠시 동안 목을 가다듬으며, 해당 언어에 적합한 형식으로 스스로를 최적화한다. 한국인의 자아로 중국어를 자유롭게 말할 수 없고, 영미권의 자아로 일본어를 매끄럽게 구사할 수 없다.

경험의 폭은 극히 제한적이라, 체험하며 추구할 수 있는 변화는 사실 많지 않다. 매일같이 사는 장소에 변화를 주거나 만나는 사람을 바꿔 사귈 수도 없는 노릇이다. 결국 비슷한 환경에서 늘 마주치는 사람과 어울려 살아갈 수밖에 없는 게 일상이고 현실이다. 그 와중에도 삶의 변화를 갈구하기를 포기할 수 없다면, 같은 세상이지만 다르게 인식하고 조망할 수 있는 시각을 키우는 수밖에 없다.

집에는 각기 다른 언어로 쓰인 소설 《어린 왕자》가 세 권 꽂혀 있다. 프랑스어로 한 권, 일본어로 한 권, 중국어로 한 권이다. 원작자는 같아도 쓰인 언어가 다르기에 표현되는 이야기도 조금씩 결이 다르다. 각 언어권 사람들의 정서에 맞게 각색하고, 해당 문화에 생소한 개념은 달리 표현하며 이해를 보조한다. 조금 더 폭넓게 언어를 공부하여 사용할 수 있는 어휘가 풍부해지고 감각적인 문장도 구사할 수 있게 되면, 그 결의 다름을 보다 명료하게 설명할 수 있을 것이다.

어떤 한 구기 종목에서 공을 다루는 기술이 좋아지면, 구기 종목 전반에 대한 거부감이 사라진다. 마찬가지로 외국어 한 가지를 잘하게 되면, 그 언어권의 민족과 문화, 역사와 전통이 낯설지 않게 된다. 나아가 그것은 윤택한 삶을 지원하는 용기와 성장의 자산이 된다.

아침을 여는 조촐한 의식 _ 커피

커피를 즐기게 된 지는 얼마 안 됐지만, 커피는 삶의 주역 정도의 비중을 차지한다. 늦게 찾아왔지만, 금세 일상이 되었다.

시작은 기호품에 대한 필요성이었다. 긴 시간 홀로 작업하는 업무 환경을 고려해 의지할 만한 유형의 존재가 필요했다. 느슨해진 주의력을 환기하고 뭉툭해진 몰입의 날을 세워줄 무언가. 조직에 소속되었다면 함께 일하는 동료, 중간중간 가지는 탕비실 브레이크, 분명한 출근과 퇴근이 해주었을 역할이다. 하지만 내게는 기댈 동료도, 애타게 기다릴

점심시간도, 분명한 퇴근 시간도 없다. 효율적으로 시간을 쓰고 몰입의 질을 올리기 위해 뭐든 씹고 뜯고 마실 각성제가 필요했다.

로스팅한 원두는 진한 커피의 향미를 풍긴다. 이 깊고 구수한 향은 새벽녘의 몽롱함을 깨운다. 주전자의 물이 끓으면 분쇄한 원두를 필터에 넣고 천천히 여과한다. 원두를 갈고 물을 끓이고 커피를 내리면 잠에 취했던 새벽은 가고 선명한 아침이 밝아온다.

커피는 향기롭고 아름다우며, 동시에 섬세하면서 경쾌하다. 부드럽지만 명랑하고 우아하면서도 무겁지 않다. 커피로 말미암은 모든 행위와 수식에는 기품이 있다. 단지 쓰기만 했다면 이렇게도 충성스럽게 매일 한두 잔씩 마시지 않는다. 필요한 게 오직 카페인뿐이었다면 커피 말고도 대체할 음료는 많다. 내용 이상으로 중요했던 형식을 커피는 알맞게 충족한다. 준비 과정은 적당히 부지런하면서도 번잡스럽지 않다. 차보다 까다롭지만 요리보다 쉽다.

이젤 앞에 앉아 연필을 깎으며 화가들은 밤사이 둔해진 손의 감각을 녹인다. 요리사는 칼을 갈고 소설가는 만년필의 잉크를 채운다. 반복된 동작이 몸에 배면 행위의 시작도 그만큼 선명해진다. 신성시하는 어떤 행위를 시작하기 전에 요리사도, 소설가도, 화가도 자신만의 방식으로 의식을 치른다.

느리지만 정직하고 고요한 아침 10분을 커피가 벌어준다. 일관된 순서와 규칙, 정량과 인내가 있는 커피는 아침을 맞기 가장 좋은 시작이다. 익숙한 동작을 따라가다 보면 어김없이 커피 한 잔이 만들어지고, 만들어진 커피를 마시며 오늘 할 일을 차분히 곱씹는다. 이 시간이 없었다면 버벅대며 하루를 시작했을 것이다. 완성된 커피 한 잔이 테이블 위에 오르면, 나의 하루도 숨 고르기를 끝내고 기운 낼 태세를 갖춘다. 쓴맛 나는 음료 한 잔이지만 적지 않은 서사가 담겨 있다.

03부

늘 돌보는 태도

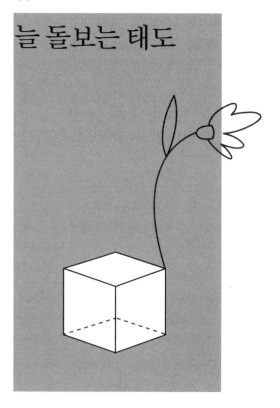

사소함의 가치 _ 속옷

1980년대 뉴욕 지하철은 그야말로 범죄의 온상이었다. 어떤 강경책을 써도 매일같이 일어나는 강도와 소매치기 사건은 줄어들지 않았다. 이에 뉴욕 시는 새로운 대응책을 내놓았는데, 치솟는 범죄율과는 어울리지 않는 다소 싱거운 방책이었다. 뉴욕 시는 열차와 벽면의 낙서를 지우고 무임승차를 철저히 단속하는 일에 사활을 걸었다. 모두가 큰 기대를 걸지 않았지만, 1988년부터 2003년까지 뉴욕 지하철의 범죄율은 조금씩 낮아져 75퍼센트까지 감소했다.

무단 투기하는 쓰레기로 몸살을 앓는 어느 골목이 있다. 경고문을 써 붙이고 감시카메라를 설치해도 속수무책이던 이곳에 지자체는 작은 꽃밭을 만들었다. 쓸데없는 일이라며 기대하지 않던 시민들의 반응과 달리, 다음 날까지도 골목은 깨끗했다. 습관처럼 쓰레기를 버리러 나왔던 사람들이 꽃밭을 보고는 가지고 온 쓰레기를 들고 되돌아갔다.

사소함은 다양한 문제 해결의 실마리가 된다. 낙서 지우기, 무임승차 단속하기, 꽃 심기는 눈에 띄지 않는 작은 변화다. 그러나 범죄율을 낮추고 쾌적한 골목을 만들며, 실질적인 변화를 이끌어냈다.

단정한 생활을 책임지는 원칙도 작고 사소한 것들이다. 사용한 물건을 제자리에 두고, 신발을 가지런히 벗는 일. 평범한 집안일이 성가신 노동이 되어버리는 건 대체로 이 같은 사소한 원칙에 소원했기 때문이다. 벗은 옷을 제자리에 걸어두는 습관 하나만 잘 익혀도 날 잡아 옷장을 정리할 필요가 없고, 샤워를 하는 동안 물로 욕실을 헹구고 환기만 잘 해도 소매를 걷어붙이고 화장실을 청소할 일이 없다. 매일 5분간의 부지런함만 투자해도 집에서 얻을 질적 만족은 큰 폭으로 변화한다.

크고 굵은 만족에 다다르고자 한다면 그 사이사이를 관통하는 세밀한 영역을 오랜 시간 무던히 돌보아야 한다. 금이 간 변기, 물이 새는 수도꼭지, 깨진 전구처럼 사소한 하자 한두 가지가 간단한 집안일을 어렵게 만들어 게으르고 안일한 생활로 유도한다. 삶을 가지런하게 가꾸고자 한다면 대대적인 변화를 이끌어내기보다 작게 금이 간 영역부터 보수해야 한다.

매일 외출 전 다른 건 몰라도 따뜻한 물로 샤워를 하고 속옷을 갈아입는 일만은 잊지 않는다. 바빠서 식사도 샤워도 건너뛰어야 할지언정, 깨끗이 세탁된 속옷으로 갈아입는 일만은 반드시 지킨다. 보는 사람도 없고 눈에 띄는 변화를 만들지도 않지만, 나에게 이 일은 하루의 운수를 지켜주는 부적과 같다. 발볼이 맞지 않는 구두, 가슴을 답답하게 조이는 브래지어, 피부를 자극하는 속옷…. 이것들이 내 하루의 질을 어떻게 떨어뜨릴지는 나만이 알고 있다. 깨끗한 양말, 품이 맞는 상하의, 가볍지만 따뜻한 외투, 어깨에 무리를 주지 않는 가방…. 내 몸부터 편안해야 경중에 상관없이 어떤 일처리도 순조로울 수 있다. 기분 좋은 하루를 결정하는 건 몸과 가장 밀착된 속옷부터 세심하게 고르는 일이다.

내 삶의 만족에 직접적으로 관여하는 많은 일들은 이렇듯 작고 보잘것없다. 살고 싶은 인생, 세상을 지배할 대찬 포부도 그 시작은 지극히 작고 개인적이다. 자신의 몸, 자신이 사는 곳 하나 제대로 관리하지 못하면서 더 넓은 세상을 제 뜻대로 주무를 수 있을 리 없다. 역사 속 주목할 만한 대부분의 변화는 아주 작은 일에서 비롯되었다.

아름다운 퇴장 _ 양말

내가 더 신경 쓰고 주시해 살피는 방향이 있다면 그것은 언제나 입구보다 출구, 입장보다 퇴장, 시작보다 마무리다. 그 어떤 아름다운 만남도 평화롭게 이별하지 않으면 악연으로 기억되고, 다소 매끄럽지 못한 시작일지라도 잘 매듭지어 마무리한다면 좋은 추억으로 남는다. 어떤 사람으로 기억되고 싶은지, 그 본질에 가까이 다가설수록 뒷정리에 공력을 들일 수밖에 없다.

깨끗한 환경에 대한 갈망은 누구보다 강했지만, 나는 그리 단정한 사람은 아니었다. 물건을 줄이고 살림의 규모를 축소하며 어느 정도 평온한 생활환경을 누리는 듯했으나, 여전히 정리 정돈이 서툴러 작은 면적임에도 늘 바짝 긴장하며 어지러운 공간을 경계해야 했다.

내 생활을 가만히 살펴보니 꼬리가 참으로 길었다. 표면 위에 물건을 놓지 않는다는 철칙을 정했음에도, 집에 돌아오면 심신이 피로해 가방 속 물건을 꺼내 냉장고 위에 올려놓고, 양말과 바지는 벗은 그대로 이부자리 위에 방치해두었다. 물을 한 잔 마시고, 피로를 털어내고 나면, 그제야 집의 풍경이 시야에 들어왔다. 귀가 후 나의 행적이 고스란히 물건이라는 흔적으로 남아 이곳저곳을 표류하고 있었다.

정돈된 환경을 오래도록 유지하기 위해 가장 먼저 몸에 익힌 습관은, 소지품의 귀택을 분명히 하는 것이었다. 최소한 뒤집힌 채 아무렇게나 탈의한 흔적만은 용인하지 않겠다고 스스로와 굳게 약속했다. 가장 방치되기 쉬웠던 양말부터 엄격히 귀소 조치를 취함으로써 점진적으로 정리 근육을 키워, 길었던 나의 꼬리를 서서히 줄여갈 수 있었다.

집이라는 공간에서 깨우친 마무리의 중요성은 내가 머물게 될 모든 장소로 확장되었다. 특히 손님의 입장으로 찾은 공적 공간의 경우, 내가 머무른 자리가 곧 나의 인격과 인상이 된다는 생각이 드니 작은 흠결도 좌시할 수 없게 되었다. 뒷정리를 하러 온 관리인의 손길이 무색해질 정도로 테이블은 반짝반짝하게 닦아놓고, 반듯하게 의자를 집어넣고, 먹은 음료와 음식의 잔재는 내부 지침에 따라 처리한다. 내가 있었다는 사실을 확인하기 힘들 정도로 조용히 입장했다 소리 없이 사라진다.

나의 존재를 다른 사람들에게 알리고 싶다면, 철저히 자신의 흔적을 지우는 데 전력을 다해야 한다. 내 것보다 더 소중히 쓰고, 내 집보다 더 조심해서 걷고, 작은 물건도 주인의 허락을 소상히 물어 동의를 구해 사용한다.

"아름다운 사람은 머문 자리도 아름답습니다." 공중화장실에서 자주 볼 수 있는 문구다. 이 문구는 가볍게 읽고 지나칠 것이 아닌, 더럽게 사용할 경우에는 아름답지 않은, 즉 못난 사람이 될 각오를 하라는 경고의 말로 읽어야 한다. 휴지 조각 하나라도 실수로 바닥에 떨어뜨리지 않기 위해 몇 번씩 뒤를 확인하는 습관이 몸에 밴 것은 청소 노동자들의 수고를 덜어주기 위한 배려가 아닌, 누군가에게 한심한 사람으로 보이고 싶지 않은 내 욕심이다. 엉망이 된 화장실 안을 보고 직전에 사용한 사람을 속으로 무척 경멸했던 경험이 있기에, 그것이 타인에게 무엇을 의미할지 너무나 잘 안다.

내 집을 청결하고 질서 있게 관리하는 건 나 한 사람을 위한 만족과 배려다. 공공장소나 공공시설을 조심해서 사용하고 소중히 다루는 건 수천수만 명에 대한 배려이기에 보다 중차대한 문제다.

일본에서는 '죽음에 대한 준비를 하는 다양한 활동'을 뜻하는 슈우카츠(終活)가 하나의 사회현상이 되었다. 그 기저에는 타인에게 폐를 끼치는 것을 극도로 꺼리는 메이와쿠 문화가 자리하고 있다. 아름다운 마지막을 맞이함으로써 그들은 가치 있다고 여기는 자신들의 문화를 몸소 실천해 증명한다.

나의 마지막은 어떻게 기억될 것인가. 그득하게 남은 잔재들로 남겨진 사람들에게 짐을 지울 것인가, 아니면 애도하는 마음 한 가지로 오래도록 추억

될 것인가. 고민의 끝에는 언제나 생의 출구를 잘 닦아놓고 싶다는 욕구만 남는다.

나이 드는 걸 좋아한다는 것 _ 립스틱

갓 스물 새내기 대학생 때는 입술 화장을 하는 게 어색하기만 했다. 남의 화장품을 훔쳐 바른 듯 어떤 색깔도 어울리지가 않았다. 이것저것 조금씩 찍어 바르며 어색한 티를 조금 벗은 건 20대 초반이 되었을 때다. 그때까지도 립스틱은 부담스러워 주로 립글로스 또는 틴트를 발랐다.

어머니는 맨 얼굴에도 립스틱을 곧잘 바르곤 했다. 이상하게도 어색하지 않고 잘 어울렸다. 20대가 지나 30대를 바라보는 나이가 되자 다른 건 몰라도 파우치 안 립스틱만은 잊지 않고 챙기는 나를 보며,

어머니처럼 나도 연륜이 쌓이며 얻은 특권이 아닐까 싶어 괜히 우쭐했다.

아침에 일어나 세수를 하고 깨끗한 옷으로 갈아입고 말간 얼굴에 잘 어울리는 립스틱을 바른다. 외출하기 전 거울에 비친 내 모습을 보았는데, 그 모습이 꽤나 잘 어울리고 자연스럽다. 다 그린 그림에 마지막 남은 점 하나 찍듯이 립스틱으로 마무리를 하면 비로소 외출을 한다는 기분에 한껏 상기된다. 나이가 들고 세월이 쌓이며 립스틱이 더 이상 어색하지 않게 된다. 다소 진한 립스틱도 나이의 무게에 희석되어 자연스럽게 이목구비와 조화를 이룬다.

립스틱처럼 나이를 먹어야만 알 수 있고, 할 수 있고, 어울리는 일이 적지 않다. 소설가 무라카미 하루키는 나이 먹는 것을 여러 가지를 잃어가는 과정으로 보느냐 쌓아가는 과정으로 보느냐에 따라 인생의 질이 확연히 달라진다고 말했는데, 나는 삶을 살아내는 태도가 명백히 후자에 가까운가 보다.

친구들은 해가 넘어갈 때면 버릇처럼 나이 먹는 게 두렵다고 말한다. 그때마다 나는 한 해 한 해 나이 먹는 것이 설레고 좋다며 눈치 없이 헤벌쭉 웃어

보인다. 정말이지 올해보다 내년이, 20대보다 30대가, 중년보다 노년이 더 기다려진다. 철없던 어린 시절은 아련한 과거로 남아 있는 것으로 충분하다. 아무 생각 없던 일곱 살 시절은 먹기 싫은 도시락 반찬과 이유 없이 돌연 퉁명스럽게 구는 단짝 친구 때문에 세상이 무너지는 줄 알았던 때다. 작은 일로 고민하고 전전긍긍했던 어린 내가 있어, 조금 더 대범하고 용맹하게 지금을 산다. 나의 지금에 깔린 기름진 지층으로 남아줘 대견한 존재가 어린 시절이다. '돌아가고 싶은' 이라는 수식을 붙이거나 지나온 길을 힐끔거리며 입맛을 다시는 일은 좀처럼 드물다.

먹어가는 세월에 후회, 미련, 아쉬움보다 기대와 설렘, 안도와 감사가 더 많다. 어떤 방식으로든 나는 매일 조금씩 나아지고 한 걸음 더 나아간다. 늘 그리 되도록 최선을 다해 노력하고 있다. 어제의 나보다 오늘의 내가 조금 더 상냥하고 너그럽고 지혜롭고 성숙하다. 이해하고 끄덕일 수 있는 일도 늘고, 알고 있는 단어와 쓸 수 있는 한자도 한 가지씩 더 늘었다. 어제의 실수는 오늘의 가르침이 되고,

어제의 성취는 오늘의 힘찬 동력이 된다. 누군가에게 상처를 주고 옳지 못한 일을 해 마음이 괴로워도, 잘못을 바로잡고 용서를 구할 수 있는 기회도 내일에 있다.

그러므로 나는 과거의 나보다 현재의 나를 더 사랑할 수밖에 없다. 미래의 내게 무한정의 응원을 보낼 수밖에 없다. 어색했던 20대 초반의 립스틱이 파우치 안 필수품이 되었듯, 시간이 흘러야만 누릴 수 있는 기회와 배움이 아주 많이 존재하기 때문이다. 청춘과 젊음은 후퇴하지만, 삶과 세상을 보는 나의 눈은 진보한다. 먹어간 하루치의 시간만큼 내 삶도 더 깊고 묵직해진다.

흘러간 세월을 야속하게 여기는 사람보다, 살아온 지난날을 보람되게 여길 수 있는 사람이고 싶다. 그러한 태도야말로 다가올 앞날에 유용히 쓰일 좋은 여비가 아닐까.

시각화된 나의 내면 _ 옷

옷은 몸을 가리고 보호한다는 실용적 쓰임과 더불어, 다양한 정서적·심미적 기능을 한다. 좁게는 한 사람의 취향과 성격을 담아내고, 넓게는 삶의 태도, 가치, 자아, 추구하는 이상까지 반영한다. 그러므로 아침에 바지 한 벌을 고르면서도 어떤 하루를 보내고 싶은지 질문을 던진다.

캐주얼한 하루를 보내고 싶은 날에는 청바지를, 어른스럽게 보이고 싶은 날에는 단정한 정장 바지를, 느슨해지고 싶은 날에는 품이 넉넉한 상의를, 긴장감이 필요한 날에는 몸에 딱 맞는 옷을 선택한다.

여기에 각각의 옷차림에 어울리는 신발과 외투를 골라 효과에 강약을 준다.

청바지에 스니커즈, 티셔츠에 남방셔츠를 걸친 날에는 대체로 공원에서 산책을 하거나 서점에 가 책을 구경하고 오후에는 친구를 만나는 등 생산성보다 바깥 공기를 마시는 데 중점을 둔다. 일을 하더라도 주로 카페 등 편안한 분위기의 공간을 찾아가서 한다. 직장에 다니는 것이 아니라서 따로 준수해야 할 드레스 코드는 없지만, 배경과 옷이 불협화음을 내지 않게 TPO를 지킨다. 걷는 걸음, 앉은 자세, 임하는 태도, 말투와 손동작까지 옷은 내 마음에 침투해 자잘하게 개입한다. 옷도 신발도 편안함이 기준이 된 날에는 더 많이 걷고 더 멀리 가고 보다 새로운 곳으로 떠나게 된다.

정장 바지나 스커트에 블라우스를 입은 날에는 걷는 걸음부터 힘이 잔뜩 들어간다. 계획한 동선에서 벗어나지 않고, 정해놓은 일의 할당량을 채우기 전에는 업무에서 손을 떼지 않고, 일정에 차질을 빚을 만한 일에 대해서는 한없이 방어적인 태도를 취한다. 업무 환경도 정숙이 약속된 공유 오피스로 정하고, 읽어야 할 자료와 정리해야 할 문서도 전날 미리 준비해 꼼꼼하게 살펴본다. 보수적으로 생각하고 일직선으로 걷고, 한 치의 흐트러짐 없는 행동 양식을 고수한다.

시간을 쓰는 방식부터 하루의 속도, 느끼는 감정과 외부 자극에 대한 반응까지, 무엇 하나 입은 옷에 영향을 받지 않는 게 없다. 아무리 캐주얼한 차림을 즐기는 사람이라도 샌들에 추리닝 차림으로 회사에 출근하거나 반바지에 슬리퍼 차림으로 회의실에 나타나는 경우는 드물다. 공사 구분을 하고 싶다면 가장 먼저 복장에 적당한 온도 차를 두어야 한다.

옷차림은 외부 세계가 나를 판단하고 이해할 수 있는 최초의 단서이다. 단정한 복장은 타인에게 신뢰를 주고, 나를 호의적으로 인식하게 하며, 사기를 증진하고, 분위기를 조성한다. 채용의 여부, 거래의 당락을 좌우하는 결정적인 요인이 되기도 한다. 옷차림에는 그 사람의 개성과 성격, 가치관과 신념, 선호와 비선호, 걸어온 모든 시간이 담겨 있다. 삶에 대한 확고한 주관이 있는 사람은 유행과 상관없이 자신만의 스타일을 확립할 수 있다.

옷은 장점을 강조하고 단점을 완화하며, 자질을 홍보하고 가치를 피력한다. 화려한 브로치로 재킷을 장식하고 독특한 안경을 쓰고 있다면, 어쩐지 재기발랄함과 가까운 사람이 아닐까 짐작하게 된다. 각 잡힌 슈트를 입고 대담하고 선이 굵은 액세서리를 착용했다면, 카리스마 있는 성격이 미루어 짐작된다. 편안함을 추구하는 사람이 발 아픈 구두를 신을 리 없고, 걱정 많은 사람은 작은 핸드백보다 이것저것 담을 수 있는 큼직한 쇼퍼백을 더 즐겨 들 것이다. 옷은 나를 닮고 나는 다시 옷을 쫓아간다.

옷은 내게 말을 한다. 나는 어떤 사람이고, 무엇을 추구하며, 무엇이 불편한지. 내가 선택한 옷은 시각화된 나의 내면과 같다. 크지도 작지도 않은 딱 맞는 착용감을 선호하고, 치마와 짧은 바지보다 긴 바지가 많으며, 패턴이 없는 무채색의 톤이 밝은 상의가 주를 이루는 나의 옷장도 내게 말한다. 여성성을 너무 드러내는 것을 좋아하지 않고, 야무지고 정돈된 인상을 주고 싶지만 너무 무겁고 진지해 보이기는 싫어하는 사람. 성실하고 유능한 사람이고 싶으며 조화로움을 추구하는 사람. 옷을 고르는 나의 무의식에 이 같은 삶에 대한 넓은 이상향이 투영되어 있기에 그것이 고스란히 의상에 노출된다.

옷이 자신의 본질을 잘 연출해줄 때, 나의 내면을 잘 드러내줄 때, 옷은 자아에 날개를 달아준다. 옷이라는 장치로 형상화된 나를 보면서 나의 정체성을 더욱 공고히 다져왔다.

오늘 입을 옷을 고르고 나면, 그 하루가 어떻게 전개될지 얼추 그림이 그려진다. 하루가 무난하게 흘러갈지 아니면 그날의 분위기와 맞지 않는 옷차림 때문에 내내 잡음을 낼지, 옷 안에 모든 힌트가 있다. 무엇을 입을까를 결정하는 시간이 진지할 수밖에 없다.

반려 물건을 대하는 태도 _ 손목시계

　액세서리를 즐기는 편은 아니나 외출할 때 손목시계는 반드시 착용한다. 반지나 목걸이를 늘 하던 사람이 하지 않고 집을 나서면 어쩐지 허전해서 곧장 알아차리듯이, 깜빡하고 시계를 차지 않은 날이면 나 역시 그 허전함을 본능적으로 느낀다.

　손목시계는 시간을 재거나 시각을 나타내는 실용적 용도와 패션이라는 비실용적 용도를 동시에 갖춘 물건이다. 계절을 가리지 않고 시계를 착용하는 이유다. 손목시계에 들어가는 작은 리튬 건전지의 수명은 1년에서 2년 사이다. 고장은 흔하지 않고 건전지로만 움직이는 심플한 기기다.

　신기하게도 이 손목시계는 몸에서 멀어지면 더 빨리 멈춰 선다. 나의 손길과 관심이 소원해지면 즉각적으로 반응을 보인다. 사람이 살지 않는 집이 빨리 망가지고, 오래 타지 않은 자전거일수록 고장 난 곳이 많은 것과 유사한 이치다.

　총 4편으로 구성된 영화 〈토이스토리〉는 주인이 없는 동안 장난감들이 경험하는 각종 모험과 희로애락을 다루고 있다. 오랜 시간 주인 앤디의 사랑을 독차지해온 장난감 카우보이 우디가 새롭게 등장한 신형 장난감 우주비행사 버즈에게 관심을 빼앗기며 이야기는 막을 올린다. 변덕꾸러기 어린아이의 마음이 잠시 다른 방향으로 기울었을 뿐인데, 우디의 세상에는 거대한 지각변동이 일어난다. 모든 시련과 갈등, 위기와 재앙은 앤디의 변심에서 시작된다.

　어릴 적 매일 가지고 놀던 장난감을 조금 더 큰 소녀가 되어 우연찮게 발견했는데, 그새 무슨 일이라도 있었던 건지 장난감은 어디 한 곳 성한 구석이 없었다. 누군가에게 해코지라도 당한 것처럼 부품도 한두 가지 없고, 찍힌 자국도 있고, 옷은 올이 다 풀려 누추하기 짝이 없었다. 잊고 있던 시간 동안 장난감은 어떤 시간을 살아냈던 걸까. 우디가 그랬듯 온갖 위협에 맞서 혈투라도 치른 것일까. 곳곳에 보이는 원인 모를 상처는 하루아침에 주인을 잃은 가여운 처지 탓일까. 고작 한 계절 차지 않고 방치했을 뿐인데 보란 듯이 멈춰버린 시계를 보고 있자니, 소녀 시절 품었던 의구심이 떠올랐다.

우리는 그 어떤 시대보다 물질에 대한 욕망이 큰 시대에 살고 있지만, 지금처럼 물건을 대하는 태도가 쉽고 가벼웠던 시대가 또 없다. 쉽게 사고 쉽게 버리고 하찮게 취급하고 소중한 것은 많지 않다.

유리병 두 개에 각각 밥풀을 조금씩 담은 후, 유리병 하나에는 '고마워' 이름표를 붙이고 또 하나에는 '짜증나' 이름표를 붙였다. 2주간 '짜증나' 유리병에는 매일 미운 소리를 쏟아냈고, '고마워' 유리병에는 칭찬과 격려의 말을 나긋하게 건넸다. 2주 뒤 두 유리병에 담긴 밥풀은 각각 전혀 다른 모습으로 변해 있었다. '짜증나' 유리병의 밥풀은 시커먼 곰팡이를 피웠고 썩은 악취를 풍겼다. '고마워' 유리병의 밥풀도 쉰 것은 마찬가지였으나, 악취도 덜했고 변색의 진행도 더디었다. 심지어 구수한 누룩의 향이 나는 것도 같았다.

거짓말 같은 이 실험 장면을 다큐멘터리에서 목격하고, 직접 해보지 않으면 믿을 수가 없을 것 같아 그 자리에서 식빵 두 장으로 실험을 해보았다. 7일차부터 두 장의 식빵은 다큐멘터리에 나온 두 유리병 속의 밥풀처럼 각각 다른 양상을 보였다.

드라마 〈오센〉의 주인공 센은 요리를 할 때면 '맛있어져라' 하고 주문을 건다. 소중한 무언가라도 다루듯 조심스럽게 음식 재료를 어루만지며 조리한다. 순서와 정량만 지키면 다 같은 맛을 내는 게 요리라고 생각하지만, 나의 표정과 말투를 잊지 않고 기억에 남긴 식빵과 밥풀을 떠올리니 연필 한 자루, 쌀 한 톨, 실핀 한 개도 나의 것과 모양만 다르지 심장이 있는 존재가 아닌가 싶다. 그렇지 않고서야 2년은 거뜬해야 할 손목시계가 방치한 지 6개월도 안 되어 멈춰버릴 수가 없다. 아무리 찾아도 찾을 수 없었던 인형의 모자와 머리 장식, 마루 밑에 도둑이라도 세 들어 사는 게 아닌 이상 그것들의 행방불명을 설명할 도리가 없다.

요즘도 손목시계는 매일 착용한다. 밤에 씻으려고 풀어놓기 전까지는 영락없는 몸의 일부다. 손목시계와 나 사이에는 시간을 확인하는 용도 이상의 각별한 관계가 들어섰다. 하루도 차지 않으면 무언가 빼먹은 헛헛함이 본능적으로 든다. 이러한 내 마음에는 손목시계에 대한 인간적인 애착이 뿌리내리고 있다.

내가 가진 모든 물건은 선택받았다는 자부심을 가지고 끝까지 내 곁에서 제 소명을 다했으면 한다. 어느 것 하나 관심이 빗겨 가지 않으려면 더더욱 지금처럼 딱 알맞은 양만을 소유해야 할 것이다.

영화 〈토이스토리〉 시리즈는 물건 하나가 탄생부터 죽음까지 어떤 여정을 거치는지 다양한 시각에서 조명한다. 버림받은 물건, 관심에서 멀어진 물건, 주인을 잃은 물건, 새 주인을 만난 물건, 괴롭힘을 당한 물건, 귀한 대접을 받은 물건, 주인을 그리워하는 물건, 주인을 원망하는 물건 등. 지금껏 수천수만 가지 하나하나 일일이 세기도 벅찬 많은 물건들이 나의 곁에 머물렀다 떠나기를 반복했다. 어떤 것은 나의 생활을 보조했고, 어떤 것은 시간을 절약해주었고, 어떤 것은 즐거움을 제공했고, 어떤 것은 삶의 질 향상에 이바지했다. 그러나 이 가운데 지금도 내 곁을 지키는 건 몇 되지 않는다. 나의 반려 물건들은 지금 어디에서 어떤 생활을 하고 있을까. 〈토이스토리〉의 보핍처럼 자유를 찾아 방랑자로 유랑하고 있을까. 개비개비처럼 새 주인의 간택을 기다리며 스스로를 단장하고 있을까. 어떤 것은 썩어 토양으로 돌아갔을 것이고, 어떤 것은 음습한 땅속에서 울고 있을 것이고, 어떤 것은 소각되어 연기가 되었을 것이고, 어떤 것은 하천에 쓸려 내려가 바다 위를 떠돌고 있을 것이다. 또 새 생명을 얻어 전혀 다른 모습으로 인생 2막을 시작한 녀석도 있을 것이다.

버림받은 아픔으로 앙심을 품고 삐뚤어져 버린 개비개비에게 우디는 이렇게 말한다. "장난감의 의무는 아이를 행복하게 하는 것이야. 그리고 너는 그 의무에 최선을 다했어. 그녀는 네가 있어 정말 행복했단다. 그러니 너도 이제 행복해도 괜찮아." 함께하는 시간 동안 무한한 기쁨과 쓸모만을 대가 없이 제공했던 무수한 나의 지난 물건들도 이제는 나와 함께가 아니더라도 오직 행복하기만을 바란다.

오래 주시하고 살피고 고민한다 _ 손수건

손수건의 다재다능함은 타의 추종을 불허한다. 면으로 된 손수건 한 장이면 스무 가지 이상의 물건이 불필요해진다.

먼저, 찬 음료를 마실 때 테이블이 물기로 젖지 않게 잔을 받치는 코스터로 쓸 수 있다. 써보니 사이즈도 두께도 흡수력도 종이로 된 코스터보다 낫다. 가늘게 접으면 머리를 묶는 끈이 되고, 펼치면 물건을 담는 보자기로도 쓸 수 있다. 패턴이 화사한 것은 가방 손잡이에 묶어 스타일에 변화를 줄 수도 있고, 여행 캐리어에 묶어 내 것을 표시할 수도 있다. 야외에서는 방석, 무릎 담요, 안대, 물수건은 물론이고 때로는 냄비 집게로도 활약한다. 미세 먼지 심한 날에는 마스크를 대신해 호흡기를 보호해준다.

이리 뜯어보고 저리 살펴보면 용도는 계속 확장되고 새로운 상황에 놓이면 또 재주 좋게 모습을 바꾼다. 장당 몇 천 원 하지 않는 합리적인 가격이지만, 비싸게 주고 산 어떤 물건보다 제 몫을 단단히 해낸다.

여행 중 세탁이 여의치 않아도 문제없다. 샤워하는 동안 흐르는 물에 비누와 함께 문질러 빨면 세탁이 따로 필요치 않다. 얇고 통기성이 좋아 볕에 두세 시간만 널어두면 금세 새것처럼 바싹 마른다. 유능하고 튼튼하지만 관리에 품은 적게 든다.

제한하지 않고 작게 보지 않고 편견 없이 보면 손수건처럼 내가 가진 모든 물건은 본래의 용도 곱절을 해낸다. 재능을 확장하는 데 사용자의 역량도 절반 이상은 책임이 있다. 손수건 한 장을 이토록 다양하게 쓸 수 있는 것은 여러모로 활용해보고자 오래 주시하고 살피고 고민했기 때문이다.

사람과 사람 사이의 관계도 나와 물건의 관계와 비슷하다. 좋은 친구는 나의 좋은 면을 확장하고, 밀도 높은 경험을 공유하며, 나를 더 풍요로운 인간으로 성장하게 한다. 그러나 지혜롭지 못한 친구는 함께 있으면 나를 초라한 사람으로 만든다. 유능한 지도자와 건강한 조직은 구성원 개개인의 잠재력을 끊임없이 유도하며 능력을 입체적으로 활용한다. 반대로, 무능하고 부패한 조직과 리더는 구성원들의 능력을 홀대하고, 개발하고 발굴하려 노력하지 않으며, 그들의 가치를 깎아내린다.

사물을 볼 때 가능성과 잠재력에 제한을 두지 않고 능력치에 정량을 정하지 않자, 해낼 수 있는 일이 무한대로 늘어난다. 사람, 사물, 상황을 보는 시각이 전보다 더 유연해진다.

3단 책꽂이를 옆으로 누이면 낮은 책상이 된다. 길이도 폭도 바닥에서의 높이도 앉은뱅이책상으로 손색이 없다. 책의 용도 또한 다양해서 여차하면 냄비 받침으로도 쓰고, 위급한 상황에서는 호신용 무기로도 쓴다. 영화 〈투모로우〉에서 등장인물들이 그랬듯, 추위를 녹여줄 땔감으로 활용할 수도 있다.

모든 상황, 사물, 관계, 절차, 결과, 기회에는 동전의 양면처럼 긍정과 부정, 호와 불호, 흑과 백이 존재한다. 북향집은 해가 잘 안 들지만, 낮밤 변화가 완만해 감정 기복이 심한 사람에게는 오히려 안정적인 환경이 될 수 있다. 크기가 작은 핸드폰은 휴대성이 뛰어나지만, 화면이 작아 가독성이 떨어진다는 단점이 있다. 위기가 뒤집히면 성장이 되고, 불안을 열어보면 신중함이 있다. 안정의 한 끗 차이로 권태가 되고, 자유라는 표면 아래에는 도피가 있다.

　　다양함을 볼 수 있는 안목이 있다면, 어떤 것도 나를 시련에 빠뜨릴지언정 무너지게 할 수 없다. 한쪽 극단을 이해함과 동시에 또 다른 극단에도 공평하게 눈을 돌릴 수 있다면, 이로운 균형 감각으로 삶을 누구보다 건강하고 유연하게 유지할 수 있다.

　　요리조리 뜯어 살피니, 집 안의 많은 물건이 두세 가지 이상의 쓸모를 가지고 있다. 시선을 달리하고 시간을 들여 차분히 보니, 변모할 수 있는 가능성이 무한하다.

완벽하지 못해 알 수 있는 것 _ 안경

　며칠 전부터 오른쪽 눈이 충혈되고 가려워 안과를 찾았다. 의사는 콘택트렌즈를 장시간 착용해 눈이 많이 건조해졌다며, 최소 일주일에서 열흘간은 렌즈를 끼지 않는 게 좋겠다고 했다.

　시력이 좋지 않아 중학교 때부터 줄곧 렌즈를 꼈다. 별 탈 없이 10년을 썼으니 렌즈와 나는 더없이 궁합이 좋았다. 도수가 높다 보니 알도 두껍고 거추장스러워 초등학교 이후 쓰지 않은 안경과 달리 콘택트렌즈는 착용감이 거의 없어 하루 종일 껴도 불편하지 않았다. 그러나 같은 이유로 누적된 피로를 감지하기가 어려워 눈이 과로하는 일도 잦았다. 각막염은 참다못한 눈의 호소였다.

안경은 오래 써버릇하지 않아 불편의 신호가 렌즈보다 잦았다. 서너 시간 쓰면 5분에서 10분은 하던 일을 멈추고 눈을 쉬게 해야 했다. 약한 시력을 과하게 쓰지 않도록 불편한 안경이 적절한 시점에 중재자 역할을 했다.

열흘간 주의를 하며 돌보니 눈은 금세 회복의 기미를 보였다. 활자나 스크린을 보는 일도 줄이고, 눈에 무리가 갈 행동은 일절 하지 않았다. 눈을 과하게 쓰지 않으니 귀를 여는 시간이 늘었다. 음악과 팟캐스트를 듣고 독서와 공부는 귀로 하고, 라디오와도 친하게 지냈다. 시각에만 집중되었던 감각이 다른 여러 감각들로 분산되니 피로의 밀도가 확실히 낮아졌다.

시야가 선명하지 않다 보니 행동이 굼떠 효율적이지 못했지만 조금 돌아가도 괜찮을 만큼 부지런히 움직였다. 닦달하지 않으니 조급할 일도 없어 삶의 템포는 자연히 느슨하고 고요해졌다.

시력이 안 좋아서 겪는 생활 속 자잘한 불편이 적

지는 않으나, 이 안에서 얻어갈 배움 또한 적지 않다. 흐릿한 세상과 선명한 세상 모두를 경험했기에, 선명한 세상을 혜택처럼 여길 겸손이 생겼다. 대학 학부 시절 늦은 시간까지 술을 마시며 놀다가도 자정이 되기 전 어김없이 귀갓길을 서둘렀다. 렌즈를 낀 채 밤이라도 새우면 다음 날 혹독한 대가를 치러야 했기 때문이다. 아무리 피곤해도 잘 준비를 야무지게 한 다음에야 잠자리에 드는 습관은 지금까지도 이어져 건강한 생활에 일조하고 있다. 약한 눈에 대한 염려가 없었다면 들이기 어려웠을 습관이다.

소설가 유진오는 어릴 적부터 몸이 약해 건강에 무리가 될 행동은 철저히 피해온 덕분에, 큰 병치레 없이 건강할 수 있었다고 한다.

시력이 좋지 않은 눈은 피로에 더 예민하다. 따라서 고도 근시는 과로 방지선과도 같다. 시력이 좋으면 그만큼 좋은 점이 많은 거야 두말할 필요가 없겠지만, 그보다 못한 시력일 경우에도 여러 가지 귀한 가르침이 존재한다.

안경알을 깨끗이 닦아 잘 보이는 곳에 두었다. 아침이면 일어나자마자 일상적으로 렌즈를 찾았는데, 이제 안경과 내 본래의 시력과도 가까이 지내보려고 한다. 안경이 주는 불편을 이해하고 나의 시력을 기억하며 미리 조심하고 관리한다.

아침에 일어나면 눈이 충분히 기상에 적응할 수 있도록 한동안 멍하니 있는다. 생활의 속도도 가파르지 않게 유지하고, 눈에 좋은 음식과 눈에 좋다는 찜질과 스트레칭도 기억해둔다.

튼튼하고 무탈해 극진한 돌봄이 필요하지 않으면 신경 쓰고 가꾸기 위해 마음을 쓰지도 않는다. 좋지 않은 시력이 핸디캡이기도 하지만 최고의 비상등이기도 하다.

04부

미니멀 너머의
미니멀

욕구의 쓸모 _ 귀걸이

　나의 아버지는 매사를 공들여 수첩에 기록하고, 다 쓰고 난 수첩은 버리지 않고 날짜를 매겨 가지런히 책장에 꽂아 보관한다. 그 수첩들을 특별한 데 사용하지는 않는다. 아버지에게는 수첩보다 거기에 기록하고 그것을 보관하는 것 자체에 의미가 있는 것이다. 무언가를 처분하는 데 어려움을 겪는다면 무언가가 아니라 그것과 함께한 행위 자체에 목적이 있을 수 있다.

　매년 여행에서 돌아와 찍은 사진을 현상해 예쁜 앨범에 꽂아놓는 나의 어머니에게도 비슷한 마음이 있을 것이다. 좋았던 기억을 연장하기 위해 내가 글을 쓰듯, 어머니는 여행의 순간을 사진첩에 잡아놓는다. 일 년에 몇 번 들춰 보지 않아도 여행지의 추억을 머금은 존재가 자신이 호흡하는 공간에 함께 있다는 사실이 어머니에게 안정과 행복을 준다.

과거를 돌아봐도 별 감흥이 없는 사람도 있지만, 추억과 한 공간에서 숨 쉬고 있는 것만으로도 행복 지수가 높아지는 나의 어머니 같은 사람도 있다. 홀가분해진다는 것이 나를 행복하게 하는 것들과의 결별을 의미한다면 과감하게 홀가분함을 포기해도 좋다. 그것이 행복해지기 위한 더 나은 선택이다.

아무것도 없는 공간에 살아보니 정말 좋았다. 무엇과도 밀착되지 않아 홀로 자유롭고 호젓이 서 있는 나 자신이 참 든든하고 자랑스럽다. 그러다 보니 집착이 생긴다.

이 공간을 지키고 싶어 허리가 아파도 테이블을 사지 않고, 갓 지은 밥이 먹고 싶어도 밥솥이 짐스러워 먹고 싶은 마음을 단념한다. 세상에 남을 흔적은 자유에 폐가 되니 사진도 찍지 않고 새로운 사람을 만나지도 않는다. 금방 지겨워질지 모르니 옷은 흰

색과 검정만 입고, 언제 버리게 될 쓰레기로 전락할지 모르니 수선에 수선을 거듭하며 새 옷은 일절 사지 않는다. 불필요한 지방은 사절이니 커피는 무조건 블랙, 소금도 간장도 양념도 하지 않고 데쳐 익힌 재료들로만 밥을 먹는다. 괜한 소스와 드레싱은 해로운 설탕과 잉여 염분일 뿐, 내 건강에 아무런 역할도 하지 않는다.

정신을 차려 보니 사는 게 전보다 더 팍팍하다. 실리만을 따지다 보니 삶 속 작은 재미를 많이 놓친다. 가끔은 달달한 라테가 마시고 싶고, 조미된 음식이 먹고 싶고, 흰색과 검정이 아닌 옷 가운데에서도 취향인 옷을 발견할 때가 있다. 단조로운 일상이 좋으면서도, 어쩐지 그 단조로움이 두려움 뒤에 숨기 좋은 변명이 되어버린 것도 같다. 도전이 있어야 성장하고 변화하고 배워갈 여지도 자라는 것이기에.

우리 삶은 빈 공간이 될 수 없다. 어떻게든 무언가가 들어서고 채워진다. 사진도 있고 수첩도 있고 직접 그린 그림도 있다. 이 모든 채움이 다른 누군가의 선택이 아닌 온전히 내 안에서 결정한 나만의 선택들로 이루어졌다면, 빈 공간에 살지 않아도 나는 미니멀리스트다. 좋아하고 아끼는 마음이 있기에 붙들고 싶다. 때로는 사랑하는 마음을 홀가분해지고자 하는 욕구보다 우선시해야 할 이유다.

상점가를 지나다 귀걸이 한 쌍을 발견했다. 토끼와 당근 모양의 짝짝이 귀걸이로 슬쩍 흘겨만 봐도 기분이 좋아지는 액세서리였다. 자주 쓰지 않을 것이 분명해 돌아서려 했지만 도무지 발이 떨어지지 않았다. 바라만 보아도 좋아진 기분이 며칠이라면 이미 제 쓸모를 다했다 생각해 더 고민 않고 구입했다. 지금도 손목시계와 장신구 약간을 보관하는 케이스에 넣어놓고 하루의 시작을 응원해주는 부적으로 쓰고 있다. 이토록 끌리고 눈에 밟힌다면, 쓸모를 더 추궁해볼 이유가 없다. 그때그때 떠오른 찰나의 욕구가 가장 후회 없을 선택의 기준이 되기도 한다.

자주 쓰지는 않을지라도 행복을 주는 물건에는 조금씩 투자를 하기 시작했다. 실리가 아닌 좋은 기분, 홀가분해지고자 하는 책임이 아닌 행복하고 싶은 욕구, 효율과 득실만을 오차 없이 측량하는 사람이 아닌, 행복에 밝은 사람이 되고 싶다. 이가 없으면 잇몸으로 산다지만, 멀쩡한 이를 뽑아가면서까지 잇몸으로 살 필요는 없다. 결핍을 옹호하는 것은 어디까지나 그것으로 인해 내 삶이 풍요로워졌을 때다.

타지 생활을 정리하고 귀국하기 전 미리 남아 있던 가구와 가전을 전부 처분하고 텅 빈 집에서 이틀가량을 보냈다. 책상도 의자도 없어, 트렁크에 노트북을 올려놓고 작업도 하고 식사도 했다. 높이도 크기도 이 정도면 꽤 쓸 만하다는 생각이 들 정도로, 트렁크는 책상으로 쓰기에 부족함이 없었다.

하지만 계속 그렇게 살 생각은 없었다. 귀국의 무게를 덜기 위해 사전에 짐을 처분했기 때문에 별수 없이 감수한 불편이지, 기꺼이 선택한 상황은 아니었다. 두말할 것 없이 나는 반듯한 테이블과 의자가 있는 집이 더 좋다. 뺄셈이 존재하는 이유는 더 나은 덧셈이 자리할 공간을 만들기 위함이다. 미니멀리즘을 단지 '비우기 기술'로만 치부한다면 나의 삶은 다 비우고 더 극심히 방황할 것이다.

'무엇을 비울 것인가'를 고민한 다음 오래지 않

아 '무엇으로 채울 것인가'를 이어 생각해야 한다. 뭘 얼마나 더 비우고 덜어갈지 고민한 시간 이상으로 늘어난 빈자리를 무엇으로 어떻게 가치 있고 풍요롭게 채워갈 것인지 고민해야 한다. 살아보니 없어 좋은 점 못지않게 있어 좋은 사람, 있어 다행인 물건, 있어 고마운 감정, 있어 마땅했던 갈등과 고민이 많다. 만남이 있으면 헤어짐이 있고, 삶이 있으면 죽음이 있는 것이지, 헤어짐과 죽음만 있는 삶이란 또 없으니 말이다.

비우고만 살아서도 안 되고 더하고만 살아서도 안 된다. 비움이 유효한 이유는 아직까지 덧셈에 한참 몸이 더 기울어져 있을 때이다. 비우고 비운 상태라면 굳이 비움에 집착할 이유가 있을까.

슬픔을 위로하는 방법 _ 비닐우산

한창 우기인 여름, 일주일 중 다섯 날은 비가 내린다. 땅은 항상 젖어 있고, 외출 시 날씨가 맑게 개도 우산을 챙겨야 낭패를 보지 않는다. 후덥지근한 공기에 마른땅으로 아침을 시작해도 오후 3시쯤이면 부슬부슬 비가 내리기 시작해, 해질 무렵이면 반드시 우산이 필요해진다.

비에 대한 나의 애정은 역사가 길다. 비야 언제나 좋아했지만, 어릴 적에는 과하다 싶을 정도로 흐린 날만을 좋아했다. 지금이야 구름이 끼건 날이 맑게 개건 감정에 큰 기복이 없지만, 사춘기 시절에는 쨍한 아침 하늘을 보면 하루를 망친 것처럼 우울해하곤 했다.

햇볕이 쨍쨍 내리쬐는 날은 바깥세상이 적막해, 건강하지 못한 생각이 머릿속에서 날뛴다. 부산스러운 내 마음과 달리 구름 한 점 없는 하늘이 괜히 야속하지 않을 수 없다. 빗줄기가 땅을 후려칠 정도로 몰아치는 날이면 거센 빗줄기에 파묻혀 시끄럽게 날뛰는 내 마음과 생각의 소리가 들리지 않는다. 비가 거세게 퍼부을수록 나는 안심하고 그 속을 파고든다.

예고도 없이 고요했던 적막을 뚫고 굵은 빗방울이 후드득 떨어지면, 몇 분이 채 되지 않아 억수 같은 빗소리가 거리를 채운다. 베란다 난간, 에어컨 실외기 등 표면이 있는 모든 것은 비의 공세에 요란한 소리를 낸다. 그럴 때면 나는 조용히 나갈 채비를 한다. 발소리마저 빗소리에 파묻혀 내가 빗속을 걷는 건지 흐르는 빗물에 내 걸음이 쓸려 내려가는 건지 구분이 되지 않을 때, 그날은 놓치지 않고 젖은 땅을 배회한다. 비에 흠뻑 젖은 베란다보다 달가운 풍경이 없기에, 집을 나서기 전에 창문은 더 활짝 열어놓는다.

뚫린 하늘 사이로 퍼붓는 빗줄기를 맞이하기 위한 심야 산책길이다. 얇은 옷을 걸치고 허술한 비닐우산을 쓰고 어설프게 걷는다. 그래야 구석구석 비에 젖을 수 있다. 굵은 빗줄기에 땅은 식었지만 여전히 여름의 열기가 남아 있어, 맨살을 반쯤 내놓은 차림에도 감기에 걸릴 일은 없다. 비닐우산 하나에 의지해 어깨를 축 늘어뜨리고 방향도 없이 한참을 걷는다.

비가 오면 이 기괴한 외출을 반복한다. 허전하고 기력 없는 마음을 달래줄 이가 없으니, 빗속으로 가 호소하는 것이다. 비가 내 마음을 읽어주지는 못하나, 지친 속을 따뜻하게 어루만져 주는 준다.

외국에 있는 동안은 비가 내리면 유난히 더 마음이 들뜬다. 비에 남다른 애착을 느꼈던 어릴 적과 비슷한 감정이다. 더 예민하고 더 외로웠던 민감한 사춘기 시절은, 마음이 늘 시끌시끌해 비를 맞아야만 조금 차분해졌다. 비가 오지 않는 날이면 분주한 생각을 달랠 방도가 없어 괜히 화가 나기도 했다. 넓고 바쁜 세상이 낯설어지고 그 속에 어울리지 않는 그림자 같은 내 모습이 보일 때면 땅을 휘두들기는 빗소리라도 있어야 잡념에 빠지지 않고 버티었다.

고요한 하늘이 원망스러운 건 이상하지 않다. 내 마음이 젖어 울고 있으면 하늘도 함께 슬퍼해야 마땅하다. 내 울음소리가 쩌렁쩌렁 가슴속에 울려 퍼지면 그 소리가 묻힐 수 있게 하늘도 거세게 빗줄기를 토해내야 한다. 맑게 갠 거리에서는 눈치가 보여 뱉어내지 못한 울음을 내리는 빗속에서는 원 없이 토해낸다. 넘어져 비에 젖어도 일어나고 싶지 않다면, 오히려 잘 됐다 실컷 한 번 젖어본다.

비가 그친 저녁에도 우산을 잘 보이는 현관 앞에 펼쳐놓는다. 맑게 갠 다음 날에도 아침에 일어나 현관을 보면 전날 왔다 간 비의 흔적이 채 빠져나가지 못하고 남아 있다. 물기 있는 바닥을 보면, 조만간 예고 없이 비가 또 내릴 것만 같다.

아날로그의 자리 _ 라디오

반 뼘 정도 크기의 탁상용 라디오가 한 대 있다. 테이블 위에 올려놓고 주로 아침저녁을 먹는 동안에 듣는다. 영상은 눈과 귀를 동시에 써야 하니 식사에 방해가 되고, 책과 신문, 잡지는 음식물이라도 흘리면 곤란해지기에 마음이 편하지 않다.

귀만 열어놓으면 식사 시간에 합석해주는 라디오야말로 최적의 밥 친구다. 마주 앉아 함께 식사할 누군가가 있다면 제일 좋겠지만, 그렇지 않을 경우 라디오에서 흘러나오는 말소리라도 겸상해야 식탁이 조금은 덜 적적하다.

자동화, 디지털화가 일상으로 속속들이 침투한 시대에 라디오가 웬 말인가 싶을 수도 있다. 스마트폰 한 대면 음악, 인터넷, 통화, 게임, 촬영 등 만사가 가능한데, 라디오가 들어설 자리가 있을까 이해가 되지 않을 수도 있다. 라디오뿐만 아니라 카세트테이프리코더, 필름 카메라, 알람 시계, 전자계산기, 전자사전 등 과거 일상적으로 사용했던 많은 전자기기들이 시대의 물살에 휩쓸려 사라졌거나 사라지고 있다. 불과 몇 해 전까지만 해도 각자의 영역에서 활발히 제 역할을 했는데, 재주 많은 신인의 등장에 관심 밖으로 밀려나 생경한 옛것이 되었다.

　그럼에도 나는 여전히 라디오, 종이책, CD, 신문과 잡지에는 그것만의 가치가 있고, 그것만이 할 수 있는 역할과 자리가 있다고 생각한다. 무엇이든 가능한 스마트폰이 있지만, 여전히 사람들은 종이로 된 책을 읽고, CD를 사고 극장을 가고, 신문과 잡지를 읽는다. 기술 문명이 아무리 발달하더라도 이것들을 찾는 수요는 앞으로도 오래 이어질 것이다.

　전화로 할 수 있는 대화를 군이 얼굴 맞대고 나누고, 같은 활자지만 스크린이 아닌 만지고 냄새도 맡을 수 있는 종이로 읽는다. 그림이나 조화보다는 시들어 죽더라도 생화를 곁에 두고 싶어 하고, 이어폰으로 들어도 되는 음악을 공연장에 가 라이브로 듣는다. 소비하는 문화 예술의 본질은 그것을 채운 내용물 못지않게 무엇으로 담느냐에 달려 있기도 하다. 그렇기에 같은 문학, 음악, 미술도 어디에서 어떻게 누구와 함께 소비하느냐에 따라 경험의 질이 달라진다.

우리가 여전히 보고 듣고 만지고 살을 부딪을 수 있는 독서, 만남, 음악, 꽃을 갈망하는 이유는, 진화한 문명과 기술은 오감으로 경험할 수 있는 추억의 폭이 좁기 때문이다. 기술 문명의 발전이 우리에게 더 많은 선택지를 제공하지만, 그것이 도리어 아날로그에 대한 향수를 불러일으키고 있다.

다채로운 일상의 많은 부분은 대부분 효율적이지 못한 시간과 유능하지 못한 기기로 이루어진다. 똑똑한 기술의 등장으로 1분이면 편지를 지구 반대편에 전달할 수 있게 되었지만, 늘어난 시간만큼 우리 삶도 덩달아 여유로워지지는 않았다. 오히려 벌어들인 여유분의 시간을 새롭게 해야 할 일들로 더

빽빽이 채워갔다.

버튼 몇 개만 누르면 음악을 들을 수 있게 되니 한 곡 한 곡 기대하며 듣는 설렘과 재미가 없어졌고, 수록곡 전부를 암송하는 열의를 보이지도 않는다. 물건의 기능이 좋아질수록 사용 경험은 더 평면적이게 되었다. 앱 하나로 전 세계 라디오를 모두 들을 수 있게 되었지만, 주파수를 맞추다 마음 맞는 방송을 운명처럼 조우하는 우연은 없고, 방송 시간을 오매불망 기다리는 진한 애착도 없다.

물리적으로 가벼워지고자 문명의 이기를 망설임 없이 받아들였지만, 가벼워진 무게만큼 삶은 더 묵직한 것들로 채워지기를 갈망했다. 다용도, 다기능, 경량화, 소형화로 공간은 여유로워졌지만, 얼마 지나지 않아 늘어난 공간을 무엇으로 어떻게 유의미하고 가치 있게 채울지를 물을 수밖에 없었다. 아이러니하게도 그 질문에는 이미 '모든 것을 경량화하려는 기술과 멀어지기'라는 답이 숨어 있었다.

우리 삶에는 여전히 라디오, 종이 신문, 보드게임, CD, 헌책방, 연필과 손목시계가 필요하다. 소유에서 공유, 소비에서 대여, 유형에서 무형으로 삶의 가치가 유연하게 다각화되었듯, 옛것을 전부 타도하고 근절해 새것으로 교체하기보다 현명하게 둘 사이를 넘나들며 공생해야 한다.

삐삐, 전보, 워크맨, 공중전화, LP판의 시대는 갔지만, 스마트폰과 가상현실이 있는 지금의 현실에 어울리는 또 다른 형태의 아날로그가 전성기를 맞이하기 위해 기다리고 있다. 진보하는 기술의 손길이 닿지 못한 좁고 세밀한 영역에 이것들은 섬세하게 파고들어, 기술 문명의 부작용으로 군데군데 비어버린 삶의 감수성을 충족해준다.

화려한 화면에 시선을 방치하면 삶을 보는 나의 진짜 시선은 딱 스마트폰 스크린만큼의 크기로 줄어버린다. 시야가 좁디좁아져 어느 순간 얼굴에 남는 건 표정도 초점도 없는 공허한 시선뿐이다.

라디오를 켜면 때로는 경쾌한 음악 소리가, 때로는 스튜디오에서 나누는 잡담 소리가 들린다. 언제 어떤 소리가 흘러나올지 알 수 없어, 버튼을 쥔 손의 감각에 기대감이 서린다. 듣고 싶은 방송이 있으면 날짜와 시간을 메모해 남기기도 하고, 이리저리 채널을 돌려보다 우연찮게 마음 맞는 방송을 만나게 되면 매일 밤 기다려지는 고정 스케줄로 정착하기도 한다.

원하는 것은 뭐든 척척 얻을 수 있는 삶보다, 간절히 원했다 노력해 얻을 때 삶은 더 소중해진다. 문명의 발전이 기다림, 아쉬움, 간절함에 대한 희생을 전제한다면, 나는 진보의 속도를 거슬러 하나씩 되찾아 올 생각이다. 그 저항력을 제공한 첫 주자가 라디오였다.

밥을 먹고 그릇을 정리하는 동안에도 작은 음량으로 라디오를 틀어놓는다. 몰입을 필요로 하지도 않고, 수시로 팝업창이 떠 성가시게 하지도 않는다. 은은한 배경 정도 위치에 멈춰서, 삶이 제 속도를 유지하고 흘러갈 수 있도록 관망할 뿐이다.

가벼워서 좋은 것 _ 문고본

　외국에서 학교를 다니며 읽은 소설 대부분은 페이퍼백이었다. 중학교 1학년 무렵 문학 시간에 받아든 첫 책은 Lois Lowry의 《The Giver》라는 소설이었다. 누런 종이는 신문지처럼 날것 그대로의 종이 냄새가 나고, 빽빽하게 들어찬 글자는 물을 먹은 것 같은 볼드체였다. 표지는 마분지 같은 싸구려 종이를 쓴 것이라서 몇 번 읽으면 찢어질 것 같았다.

　학교생활을 하면서 매일같이 접한 책은 거의 다 얇고 가벼운 페이퍼백이었다. 한국에서 흔한 양장본은 사전이나 교과서를 제외하고 찾아보기 힘들었다. 본격적으로 독서를 시작할 당시 접했던 대부분의 책이 페이퍼백이었기에, 귀국 후 페이퍼백이 드문 한국의 서점이 생경했다. 책들이 대부분 사전처럼 두껍고 무거워, 책을 끼고 사는 나는 달갑지 않았다.

페이퍼백은 보급형 도서로 판형이 작고, 가벼운 재생지를 쓰며, 날개와 띠지 같은 책의 부속 장식이 없는 담백한 형태의 책이다. 휴대하기에 좋아 외출할 때뿐 아니라 장시간 이동을 하거나 여행길에 오를 때면 잊지 않고 챙겨 다닌다.

페이퍼백보다 작고 얇아 한 손으로도 무난하게 들고 읽을 수 있는 일본의 문고본도 여행길 단골 소지품이다. 일본에서는 장르를 불문하고 대부분의 책을 출간 후 휴대하기 좋은 문고본으로 재발행해 저렴하게 보급하는데, 이는 일본의 독서 인구를 유지하는 군건한 버팀목이 되고 있다. 일본에 살 때 문고본의 매력에 흠뻑 빠져, 일주일에 한 번은 서점을 들러 주전부리 사 먹듯 책 한 권씩 사는 것이 나의 고정 루틴일 정도였다. 부담스럽지 않은 가격과 외관은 독서를 생활화하기에 더없이 좋은 조건이었다.

한 번도 문고본이나 페이퍼백을 성의 없는 책이라 여겨본 적이 없다. 소모품처럼 책을 읽고 사는 내게 군더더기가 많은 양장본이야말로 가격을 올리고 휴대성을 떨어뜨리는 불필요한 사치다. 공원이든 카페든 붐비는 전철 안이든, 주변에 피해 주지 않고 장소와 시간에 구애받지 않고 비어 있는 틈새 시간을 독서로 매울 수 있는 문고본이 있어 고맙고 다행스럽다.

책이 휴대폰보다 친근해지려면 무엇보다 사용자와 거리가 가까워야 한다. 휴대폰보다 더 만만하게 눈을 돌릴 수 있을 만큼, 책은 낮은 자세로 독자에게 다가서야 한다. 자꾸만 크고 무거워지는 서점가의 책들 사이에서 읽을거리로서의 기능에 충실했던 과거 문고본의 전성시대를 회상해본다. 책이 간식거리처럼 흔하고 만만한 오락물이었던 시대, 그때 책은 오직 내용이라는 본질에 집중했다.

유럽에 여행 갔을 때 보니 기차역마다 간이매점이 한두 군데씩 들어서 있었다. 두 평 남짓 좁은 공간에 매대를 펼쳐놓고, 커피나 요깃거리와 함께 페이퍼백 소설책, 퀴즈 잡지책을 판매하고 있었다. 싸구려 커피, 식어버린 비스킷과 책의 조화가 나쁘지 않았다. 책장이 아닌 테이블에 제멋대로 쌓은 채 팔고 있는 방식도 기차역 분위기와 잘 어울렸다. 통화신호가 약하고 인터넷이 잘 터지지 않는 유럽의 열차에서 서너 시간을 지루하지 않게 이동하려면 가볍게 따분함을 달래줄 책 몇 권은 필수다.

유럽인들에게 책은 1유로짜리 커피와 다르지 않은 만만한 존재다. 커피와 함께 책을 구입한 사람들은 주머니에 책을 대충 쑤셔 넣고 열차에 올랐다. 지루한 한두 시간은 해결했다는 가벼운 표정으로. 그렇게 부담 없이 사고 짐스럽지 않게 휴대하며 보다 많은 사람들의 삶에 책이 스며든다면, 출근길이나 등굣길 사람들의 손에는 휴대폰 대신 책이 들려 있을 수 있을까.

다시 본질로 _ 비누

우리 주변에는 세대교체가 이루어진 생활용품이 많다. 연필에서 샤프펜슬로, 비누에서 클렌징, 샴푸, 바디워시로, 가마솥에서 레인지, 인덕션으로. 느리고 손이 많이 가는 과거의 산물, 이로 말미암은 불편이 우리로 하여금 진보를 추구하게 했다. 그에 비례해 생활용품 또한 변태를 거듭했다.

미성년 시절, 목욕은 비누 하나면 족했다. 성인이 되며 나의 목욕 바구니는 무거워졌다. 폼클렌징, 각질제거크림, 샴푸, 린스, 컨디셔너, 헤어 에센스, 로션과 수분크림, 스킨과 영양크림. 두발용품만도 여러 종류이고 몸, 다리, 발, 얼굴 부위별로 각기 다른 화장품이 등장했다. 진보라고 환영만 하기에는 삶이 너무 복잡해졌다.

진보를 주장하며 생활을 개량할수록 옛것들이 더 자주 더 많이 동원되었다. 비누를 다시 삶에 들이기 시작한 계기 또한 지극히 진보적인 발상과 욕구에서 기인했다. 생활을 어떻게 하면 더 단순화할 수 있을까 고민하다 보면 어느새 빛바랜 옛 물건들을 불러들이고 있었다.

수제 비누는 재료와 제조 과정이 훤히 비칠 만큼 투명해, 포장지 뒤에 설명도 몇 자 안 적혀 있다. 비누의 주원료인 식물성 오일과 향을 내는 아로마 에센셜 오일, 미생물 EM 분말이 성분의 전부로, 싱거울 만큼 짧고 분명하다. 구구절절 긴 설명이 빼곡한 요즘 것들에 비해 모양새는 이쪽이 보다 미래지향적이다. 쓰임 또한 요즘 것을 앞지른다. 얼굴과 몸 전신을 씻는 것은 물론, 두피에 문질러 머리도 감고 속옷도 빤다. 제품의 원형에도 미심쩍은 구석이 없으니, 잘못해서 눈이나 입에 들어가도 크게 불안하지 않다.

약간의 수고로움과 불편은 있다. 물기에 취약해 물이 고이지 않는 비누 홀더를 사용해야 하고, 시간이 지나 손톱만큼 작아져 잃어버릴 수 있으니 망에 넣어 보관하기도 잊지 않아야 한다. 욕실 바닥에 아무렇게나 두어도 문제없는 용기에 담긴 세정액보다 세심하게 관리해야 한다. 그렇다고 해서 비누를 사용하는 것이 진보가 아닌 퇴행이라고는 못 하겠다.

진보라는 이름의 껍질을 한 꺼풀만 벗겨내면, 그 속에는 더 꼼꼼하게 읽고 해석해야 할 속사정이 있다. 매번 깎아야 하는 연필과 땔감을 준비해야 하는 아궁이를 대체하는 샤프펜슬과 가스레인지가 개발되어 수고가 줄어들었다. 그러나 대체되는 과정에서 상실해야 했던 것 또한 적지 않았다.

공방에서 만든 비누는 얇은 종이 포장지를 벗겨내면 바로 비누의 속살이 드러난다. 색깔도 크기도 자른 모양새도 전부 엉성하다. 같은 재료를 같은 방식으로 만들어내지만, 사람의 손은 오차의 범위가 넓어 향이나 질감이 똑같은 수제 비누는 단 한 가지도 없다. 한두 달 열심히 쓰다 보면 더 쓸 수 없게 작아져버리고 비누는 곧 마지막을 맞는다. 자연을 닮은 작은 비누 조각은 어색함 없이 흙으로 돌아간다. 종이 포장지에 싸여 내게로 와 아무것도 남기지 않고 흔적 없이 태어난 곳으로 돌아간다. 더 깎지 못하는 몽당연필과 다 탄 장작도 마지막이 비슷하다.

긴 시간 인류 곁에 머무른 모든 물건은 세월의 녹을 허투루 먹지 않는다. 최첨단, 최적화라면 소매를 걷어붙이고 두 팔을 벌려 환영하는 내가, 진보의 본질에 다가설수록 빛바랜 옛 물건과 친해질 수밖에 없는 이유가 여기에 있다.

우리가 흔히 진보라 일컫는 많은 것들은 상실을 전제한 대체에 더 가깝다. 샤프펜슬이 연필로서의 역할을 겸하며 연필이 가진 장점까지 아우를 수 있었다면 우리는 연필에 대한 향수를 품지 않는다. 비누, 가마솥, 자전거, 연필이 해오던 많은 역할은 무엇도 대신할 수 없고, 비슷하게도 모방되지 않는다.

더디기만 한 나의 성장 앞에 마음이 갑갑해질 때가 있지만, 이내 신기할 만큼 마음은 관대하고 평온해진다. 정체되었다 느낀 많은 구간들은 그것들 나름대로 진보하고 있고, 그곳에 속도를 대신할 더 많은 가치가 웅크리고 있다. 속도와 거리가 아닌, 내가 서 있는 그날 하루를 전체적으로 바라보며, 그것이 의미하는 특색과 유용함을 조금 더 입체적이고 유연히 읽어내는 사고력을 획득한 것이다.

대중화가 시작된 18세기부터 약 300년간 인류의 위생에 획기적인 공로를 세운 비누는 그 위용을 되찾아 우리의 품에 돌아왔다. '지속가능성'이 곧 진보인 지금의 시대에 비누를 정체된 옛것이라 말할 사람은 아무도 없다. 폼클렌징, 샴푸, 린스…. 플라스틱 용기에 담긴 다양한 액체 세정제가 반짝이며 우리 곁을 차지했을 때도, 비누는 서두르지 않고 자기 차례를 기다렸다. 그리고 21세기가 된 지금 비누는 새 역사를 쓰며 영역을 확장해, 부엌과 욕실뿐만 아니라 청결이 필요한 모든 자리에 만능 재주꾼으로 귀환해 자리 잡고 있다.

세면대에 가만히 놓인 무덤덤한 비누 한 조각은 진보와 성장을 속도, 거리, 부피 같은 딱딱한 수치만으로 지루하게 측량하지 말 것을 권한다. 이렇게 돌고 돌아 진보의 선두에 선 자신도 있지 않느냐며.

에코와의 교집합 _ 장바구니

손수건, 텀블러, 장바구니는 외출할 때 반드시 챙기는 것들이다. 매일 아침 커피를 사서 마시거나 저녁마다 장을 본다면, 일 년에 365개씩의 플라스틱 컵과 비닐봉지가 쓰레기로 배출된다. 손수건, 텀블러, 장바구니는 무겁지도 않고 부피도 크지 않아, 휴대해도 불편하지 않다. 나는 이 셋을 환경을 지키는 3대 어벤져스라고 부르며 몇 년째 매일같이 휴대하고 다닌다.

그밖에 전자 영수증을 신청해 종이 낭비를 줄이거나, 약속이 있으면 도시락을 챙겨 가 남은 음식을 싸 온다거나, 필요한 물건이 있으면 중고 시장 재고부터 확인한다거나 하는 작은 실천도 있다. 환경을 위한 습관이라고 하지만 사실은 내 생활의 편의를 위해 선택한 것이 대부분이다. 포장 쓰레기를 만들지 않으면서 분리수거를 하는 수고로움을 절반으로 줄였고, 장바구니를 휴대하면서 소액이지만 비닐봉지 값으로 나가는 지출도 줄였다.

그뿐만 아니라, 집을 아름답게 꾸미기 위한 대부분의 선택은 에코(eco-)와의 교집합이다. 유리잔, 원목 옷걸이, 리넨 원피스, 천 가방 등 자연과 가까운 소재와 만듦새는 비닐봉지, 플라스틱 그릇, 합성섬유보다 보기에도 좋다. 다채로운 색감을 자랑하는 채소와 과일이 풍성하게 올라간 식탁은 먹기에도 좋지만, 보기에는 더 좋은 것과 같은 이치다.

스테인리스, 유리, 실리콘은 영구적으로 사용할 수 있어 시간이 지나면 변색되고 냄새가 나 자주 새 것으로 바꾸어야 하는 플라스틱, 비닐에 비해 경제적이다. 대중교통과 자전거를 이용하면 주차 때문에 스트레스를 받을 일도, 꽉 막힌 도로에 갇혀 발을 동동 구를 일도 없다. 가제 수건은 5장을 쌓아도 수

건 한 장 높이라서 수납장이 따로 필요치 않다. 만능 세제 하나면 종류별로 필요한 물건 서너 개가 사라지니 넓은 집이 아니어도, 충분한 수납공간 없이도 쾌적한 생활이 가능해진다.

내 삶을 우아하게 하는 많은 것들은 환경이라는 접점을 반드시 공유한다. 환경 보호를 실천하는 행동은 나를 돋보이게 하며, 자잘한 경비 유출을 방지하고, 일상적인 스트레스의 감도를 낮춰주며, 미래에 대한 불안도 줄여준다.

내가 소유한 모든 물건에 작든 크든 에코의 잔향이 조금이라도 묻어 있다면, 그 선택 대부분이 삶의 질을 높여준다. 나를 위한 선택을 하더라도 그 속을 들여다보면 환경과의 접점이 적지 않다. 윤리적 만족을 고취하기 위한 선택이 아닌, 생활의 질을 높이기 위한 이기적인 선택만으로도 이미 내가 사는 공간, 나의 생활과 행동은 조금씩 변모한다.

그 선택지는 대체로 물건을 둘에서 하나로 줄이고, 집 밖으로 내보낼 쓰레기도 최소화하고 삶을 더 정돈되게 유지해준다. 환경과 결합된 소비는 백이면 백 성공해 언제나 120퍼센트 보람된 결과로 이어졌다. 집 안을 둘러보니 이미 나의 일상 대부분은 환경 친화적인 방향으로 기울어져 있다. 단지 집을 아름답게 꾸미기 위한 선택을 했을 뿐인데도 공간은 조금씩 에코하우스에 가까워진다.

보다 능동적인 소비 _ 빨대

소비의 패러다임이 변하고 있다. 소유에서 공유로, 물질 소비에서 경험 소비로, 가성비에서 가심비로, 대량 생산에서 소량 맞춤 생산으로, 과시에서 가치로. 완성된 진열품에 만족하는 시대에서 물건이 완성되기까지의 과정마저 중한 시대가 되었다.

빌려 쓰고 빌려 살고 빌려 타는 게 일상이 된 만큼, 가까운 미래에는 헤드폰, 전기톱, 책, 카메라, 자전거 등 지극히 사적인 개인 소모품까지 공유하게 될지도 모른다. 실제로 한정된 지역이지만, Omni라는 로스앤젤레스 기반 스타트업은 이 사업 모델을 실현화했다.

세탁기, 승용차, 자전거, 집 등을 대신해 코인 세탁방, 우버, 쏘카, 따릉이, 에어비앤비가 출현했다. 종이에 갇혀 있던 책은 스크린과 오디오까지 무대를 확장했으며, 필요한 물건은 1일 공방에 참여해 직접 만든다. 물건으로 성에 차지 않아 만드는 과정을 함께 소비하고자 한다.

집에서 사용하는 스테인리스 빨대는 2, 3년 전에 크라우드 펀딩을 통해 구입한 것이다. 당시만 해도 생분해 비닐봉지, 대나무 칫솔, 밀랍백, 실리콘 제품은 국내에서 구입하기가 쉽지 않았다. 찬 음료를 즐겨 마시는 나는 아이스커피를 마실 때마다 매번 배출되는 플라스틱 빨대가 매우 신경이 쓰였다. 대안을 고민하다가 영구적으로 쓸 수 있거나 환경에 무해한 소재의 빨대를 물색하게 되었다. 스테인리스, 대나무, 실리콘으로 만든 빨대가 유럽과 북미에는 이미 충분히 보급되어 있었다. 하지만 현지 빨대를 구입하기 위해서는 '해외 직구'라는 다소 생소한 경로를 거쳐야 했다. 그때 내 눈에 들어온 것이 '텀블벅'이라는 크라우드 펀딩 사이트였다.

크라우드 펀딩은 전통적인 유통 체제에서 벗어나 생산자와 소비자가 중개인 없이 소통하는 시장이다. 아이디어를 가진 제작자가 도안을 보여주고, 원하는 사람들에게 투자를 받아 상품을 만들고 후원자들에게 전달하는 식이다. 무언가를 만들기 전에 대중의 반응과 시장의 수요를 사전에 알아볼 수 있어, 실패와 낭비의 리스크를 줄일 수 있는 건강한 대체 플랫폼이다. 자본이 없는 영세한 기업이나 돈이 없어 예술 활동을 중단해야 하는 창작자들에게는 생존하기 위한 돌파구가 될 수 있다. 나 역시 산문집 한 권을 이 플랫폼의 도움을 받아 제작한 경험이 있다.

크라우드 펀딩으로 구입한 빨대는 몇 년이 지난 지금까지 아주 유용하게 쓰고 있다. 스테인리스 빨대라는 개념조차 생경했던 그 시절, 파우치와 세척솔까지 구성품으로 더해 저렴한 가격에 판매해주었던 고마운 창작자의 덕이다.

좋은 아이디어가 있어도 알지 못해 소비자는 지지할 수 없었고, 사회에 이로운 사업을 하고자 창업했어도 부족한 자본과 홍보력으로 수많은 약소 기업들은 문을 닫아야 했다. 크라우드 펀딩을 비롯해 다양한 소셜 네트워크 서비스, 모두에게 열린 오픈 마켓 등 진보한 정보 공유 체계로 더는 구매자와 판매자 사이를 가로막는 어떤 진입 장벽도 없다. 중개 업자와 전통 미디어에 의지하지 않고도, 가치 있는 내용물을 만들어낼 수 있다면 누구나 꿈을 펼쳐 보일 수 있는 시대다. 소비자 의식도 선진화되어 결과 만큼 기획과 취지, 투명하고 공정한 제작 과정, 상품 의 비전, 기업 가치 또한 함께 상품으로 취급하고자 하기에, 시장은 더 건강하고 활발히 순환한다.

니즈가 좁고 구체적이며 주류적이지 않은 내게 이 같은 흐름의 변화는 더없이 이상적으로 다가온 다. 응원했던 제품이나 서비스가 수요 부족으로 좌 절되기도 하고, 작게 시작해 대중의 지지를 끌어모 으며 대기업의 투자 유치까지 이어지는 모습을 목 도하기도 한다. 작은 가게의 흥망성쇠를 현장감 있 게 지켜보는 셈이라, 보다 적극적으로 소비와 생산 에 가담하는 기분이 든다. 응원했던 상품이 밀리언 셀러가 되면, 그 성공에 나의 지지 또한 조금은 묻어 있는 게 아닌가 싶어 뿌듯해지는 것도 이 시장만의 독특한 매력이자 재미다.

이밖에도 나는 소비할 수 있는 영역을 더욱 넓고 깊게 조망하며, 한 사람의 소비자로서 보다 사회에 가깝게 기여할 수 있는 내 몫을 찾는다. 음악을 만들고, 독립적으로 시와 소설을 짓고, 동영상과 팟캐스트 등 온라인 콘텐츠를 만드는 1인 창작자와 예술가들 가운데 어려운 환경에서 문예 활동을 하고 가치 있는 무형의 생산물을 제작하는 개인 혹은 단체가 있다면, 패트론과 같은 창작자 후원 사이트에 가입해 후원 등록을 하기도 한다. 나는 좋아하는 예술가의 작품을 오래도록 즐길 수 있고, 그들은 생계 걱정 없이 꾸준히 예술 활동을 할 수 있어 또 좋다.

창작자와 소비자 모두를 능동적인 시장의 주체로 만드는 이 공정하고도 유기적인 생태계에서 소비와 생산은 서로가 서로의 촉매가 되어 건강한 경제 사이클을 구축하는 데 일조한다. 불붙은 소비에 탄력을 받은 생산자는 더 양질의 서비스와 물건을 개발하는 데 열을 올리고, 좋은 비전과 함께 양품을 출시하는 판매자를 향해 소비자는 보다 적극적으로 홍보와 구매에 앞장선다.

품질보다 인지도에 목을 매고, 결과에만 매몰되어 열악한 노동 환경과 직원 복지를 개선하지 않는 기업가는 가차 없이 도태되는 이 시대의 대세는 사기꾼과 편법을 처단하고, 건전한 정신과 정직한 노력에 올바른 가치를 매겨준다.

이제 우리는 공정하고 정의로운 방향으로 전진하기 위해 크게 한 걸음을 떼었다. 이 용기 있는 변화에 보탤 수 있는 나의 몫은 어디일까, 쉬지 않고 그것을 고민할 뿐이다.

마치는 말
물건으로부터 자유로워질수록

　물건은 우리 삶을 충직하게 보좌하면서도 한낱 도구 정도의 취급밖에 받지 못한다. 아무렇게나 빌려 쓰고 낡고 망가지면 버려도 되는 것. 그러나 물건은 오래전부터 인간 생활의 매우 깊숙한 영역까지 스미어 삶에 크고 작은 진동을 만들어왔다. 나의 생활양식은 내가 소유한 물건에 의해 종용되고, 그 물건과 더불어 개개인은 다시 스스로를 조각한다.

　위대한 인물이 죽은 후에 후손들이 그의 업적을 기릴 수 있도록 적절한 장치가 되어주는 것은 썩지 않고 남은 그 인물의 유품이다. 정약용의 서적과 일지, 편지가 남지 않았다면, 그의 공로와 지혜, 사상과 혁신을 유용한 사료로 활용할 길도 없다. 누군가를 기억하기 위해 우리는 그들의 삶에 자리했던 물건들을 들여다본다.

위인의 생애와 업적을 기리고자 세운 박물관이나 기념관을 방문해보면, 이렇게까지 할 필요가 있나 싶을 정도로 세세한 곳까지 고증이 되어 있다. 피우다 만 시가, 파이프, 낡고 해진 옷 조각 등 사사로운 소지품 하나까지 소중하게 전시해놓았다. 진실이나 추정에 의거한 설명도 빠뜨리지 않았다. 이미 죽고 없는 인물들에 관해 유일하게 몇 마디 첨언할 자격이 있는 존재란, 생전 그의 곁을 지킨 물건이 유일할지도 모르니 말이다.

이쯤 되면 나는 죽고 없어져도 내 물건들은 죽지 않고 살아 나의 생을 기억할 증거가 된다고 보아도 이상하지 않다. 물건의 주인이 세상에 남긴 발자국이 뜻 깊고 장대할수록 보잘것없는 소품 하나까지 그의 일부로 남아 기능한다.

가진 물건이 적다 보니, 작은 것 하나도 이름을 붙여 기억할 수 있을 만큼 물건과 긴밀해진다. 숫자를 매겨 하나씩 나열해 목록으로 만들어보라고 해도 당장 그리할 수 있을 정도다. 물건으로부터 자유로워지는 길을 걷게 될수록 아이러니하게도 소수의 가진 것들이 의미하는 바는 더 심원해진다.

책을 통해 내가 언급한 29가지 물건들은 크기도 모양도 쓰임도 연식도 다 제각각이며, 어떤 중요도에 따라 나열한 것도 아니다. 그러나 이 물건들 하나하나가 짧지 않은 이야기를 담고 있고, 나와 어떤 방식으로든 깊이 관계를 맺고 있다. 삶을 살아가며 체득하게 된 많은 지혜와 통찰의 순간, 그것들의 몫이 없었다고 결코 말할 수 없다.

생활을 보조하기를 넘어 그것들은 촘촘히 모여 지금의 내 생활을 경작한다. 이 같은 생각에 이르기 위해 그토록 꼼꼼하게 가진 것을 따져 묻고 엄선하기에 박차를 가했는지도 모른다.

독자들도 집 안, 가방 속, 옷장 안 등 곳곳을 둘러보며 자신이 소유한 물건을 하나씩 찬찬히 뜯어보시라. 삶을 이룬 작은 파편의 틈새 사이로 그것들이 일군 사연 하나하나가 보일 것이다.

책읽는고양이

약간의 거리를 둔다
소노 아야코의 에세이. 객관적 행복을 좇느라 지친 영혼을 위로하는 책으로 '나' 자신을 속박해온 통념으로부터 벗어나 나답게 사는 삶으로 터닝할 수 있도록 이끌어준다. 9900원.

타인은 나를 모른다
작가 소노 아야코가 전하는 '관계로부터 편안해지는 법'. 타인으로부터의 강요는 물론, 나의 생각을 받아들이지 못하는 상대로 인한 스트레스로부터 편안해지는 기본기를 다져준다. 9900원.

남들처럼 결혼하지 않습니다
소노 아야코의 부부 심리 에세이. 10,900원.

좋은 사람이길 포기하면 편안해지지
사람으로부터 편안해지는 법. 소노 아야코 지음. 11,800원.

알아주든 말든
오히려 실패, 단념, 잘 풀리지 않았던 관계 등등 누구나 꽁꽁 숨기고 싶어하는 경험들 속에서 인간의 본성과 언행의 본질을 끄집어냄으로써 나를 직시하게 만든다. 11,200원.

조그맣게 살 거야
외형적 단순함을 넘어 내면까지 비우는 삶을 사는 미니멀 라이프 예찬론. 진민영 지음. 11,200원.

아버지 가방에 들어가실 뻔
아버지와 함께 떠난 단 한 번의 파리 여행을 계기로, 아버지를 이해하게 되고 나아가 가족 내 상처 치유와 관계 회복은 물론, 20여 년 간 일해온 여행업에서도 다시금 맥락을 잡아가는 기적과 같은 변화를 담고 있다. 김신 지음. 13,000원.

되찾은 시간

잃어버린 시간을 찾아서 시작한 독립서점 '프루스트의서재'는 단순한 책방이기보다 '나다운 삶'을 실현하는 공간이자 시간이다. 박성민 지음. 13,800원.

내향인입니다

홀로 최고의 시간을 보내는 내향인 이야기. 얕게는 내향성에 대한 소개부터 깊게는 사회가 만들어놓은 많은 정형화된 '좋은 성격'에 대한 여러 가지 회의적 의문을 제기한다. 진민영 지음. 11,800원.

루캣유어셀프 __ 단편소설에서 나 다운 삶을 찾다!

개를 키우는 이야기 / 여치 / 급히 고소합니다
다자이 오사무 지음, 김욱 옮김, 5,900원

비곗덩어리
기 드 모파상 지음, 최내경 옮김, 5,900원

갈매기 / 산화 / 수치 / 아버지 / 신랑
다자이 오사무 지음, 김욱 옮김, 7,900원

파리에서의 정사 / 쥘 삼촌 / 아버지 / 몽생미셸의 전설
기 드 모파상 지음, 최내경 옮김, 5,900원

보석 / 목걸이 / 어떤 정열 / 달빛 / 후회 / 행복 / 첫눈
기 드 모파상 지음, 최내경 옮김, 11,200원

한 시간 사이에 일어난 일
최면 / 아내의 편지 / 라일락 / 데지레의 아기 / 바이유 너머
케이트 쇼팽 지음, 이리나 옮김, 7,900원

징구
로마의 열병 / 다른 두 사람 / 에이프릴 샤워
이디스 워튼 지음, 이리나 옮김, 9,900원

엄마의 반란 / 갈라 드레스 / 뉴잉글랜드 수녀 / 엇나간 선행
메리 E. 윌킨스 프리먼 지음, 이리나 옮김, 9,900원

일상이 미니멀

1판 1쇄 인쇄 2021년 9월 10일
1판 1쇄 발행 2021년 9월 15일

지은이 진민영
펴낸이 김현정
펴낸곳 책읽는고양이 / 도서출판리수

등록 제4-389호(2000년 1월 13일)
주소 서울시 성동구 행당로 76 110호
전화 2299-3703
팩스 2282-3152
홈페이지 www.risu.co.kr
이메일 risubook@hanmail.net

ⓒ 2021, 진민영
ISBN 979 - 11 - 86274 - 86 - 6 03810

※이 도서는 한국출판문화산업진흥원의
   '2021년 출판콘텐츠 창작 지원 사업'의 일환으로
국민체육진흥기금을 지원받아 제작되었습니다.